당신은 아파했던 만큼
행복할 수 있는 사람입니다

당신은 아파했던 만큼
행복할 수 있는 사람입니다

1판 1쇄 발행 2018년 10월 22일
1판 2쇄 발행 2022년 5월 10일

지은이 장우석
발행인 최성준
발행처 나비소리
등록 제715-72-00389호
주소 수원시 경수대로302번길22
이메일 mysetfree@naver.com
전화 070-4025-8193 ｜ 팩스 02) 6003-0268

당신은 아파했던 만큼
행복할 수 있는 사람입니다

등산활동

대한정신장애인가족협회 상패

정신건강의학과 병원 사회복지사(폐쇄병동)

태권도사범 활동

정신건강의학과 병원 사회복지사(폐쇄병동)

달리다쿰 회복공동체 섬김

kbs라디오 생방송 정보쇼 출연

회복의 등대 섬김

2018년 sbs8시 뉴스인터뷰

취미활동

[저자인터뷰] 11월 18일
당신이 아파했던 만큼 행복할 수 있는 사람입니다.

장우석 저

KBS라디오 생방송 정보쇼 출연

sbs비디오머그 인터뷰

인하대병원 닥터콘서트 출연

멘탈헬스코리아 짱언니가 간다 유튜브 강연

국립정신건강센터 동료지원가 양성교육 강연

2021년 국립정신건강센터 정신건강전문요원 보수교육 강연

취미활동 모음

강연활동 모음

2021년 국립정신건강센터 보건복지부 정신건강심포지엄 강연 토론장

서울시정신건강복지센터 동료지원가 양성교육 강연

장우석 | 23년 전 조현병·조울증 진단, 현재 정상생활

생활의 스트레스 관리를 위해서 취미 생활이나 아르바이트를 하고 일을 하면서 일을 통해서 최종적으로 재활을 할 수 있었습니다.

2018년도 sbs 8시 뉴스 인터뷰

청주 노인요양원 사회복지사 근무 중   회복의 증거

회복의 증거 정신건강에세이 출간회

고려대학교 심리학과 학생들과 같이 가치캠페인 유튜브 촬영

추천의 글

아파한 만큼 행복할 수 있다는 말을 저 같은 의사가 하기엔 적절하지 않지만 장우석 작가가 말하면 이해가 되는 부분입니다. 그가 겪은 질병, 그리고 여러 좌절과 특히 관계들에게 겪은 아픔들을 지켜본 한 사람으로 감히 그렇습니다.

정신병은 꾸준한 치료를 통해 치료가 가능한 질병입니다. 하지만 환자들은 투병 과정에서 피치 못하게 겪게 되는 반복적 실패와 냉담한 사회적 시선, 편견으로 심리적 좌절을 겪는 경우가 많습니다. 이는 환자들이 건강한 사회 구성원으로 살아가는 것을 어렵게 만듭니다. 따라서 생물학적 회복에 더하여 심리적, 사회적 재활을 통한 회복이 아주 중요합니다.

저자는 이런 회복 과정에서 여러 시행착오에도 불구하고 용기를 잃지 않고 다시 고민하고 도전하면서 자신만의 해피엔딩 스토리를 만들어 가고 있습니다. 특히 열정적인 운동, 댄스 등 취미 활동은 치료자인 제가 예상한 것 이상의 효과가 있음을 알게 됐습니다. 그래서 저도 다른 분들에게 저자의 예를 들어 운동과 취미를 가지라고 설득하기도 합니다. 비슷한 질환으로 투병중인 분이나 가족분들이 계신다면 이 책을 통해 용기와 영감을 얻으시고 희망을 잃지 않으시길 바랍니다.

빛날 정신건강의학과의원 이혁 원장

추천의 글

저자는 자신 회복의 경험 이야기를 책으로 냈다. 코로나와 같은 감염처럼 정신질환 역시 오랜 편견과 혐오의 대상이었다. 책을 통해 그는 용기 있게 자신의 아픔을 드러낸다. 실패의 경험도, 벽의 부딪혔던 경험도 그대로 나눈다. 그리곤 거기에 멈추지 않고 오랫동안 믿을 수 있는 사람들과 일구어낸 회복의 이야기로 우리에게 희망을 전하고 있다.

정신건강의 문제는 누구나 겪을 수 있고 충분히 회복 가능하다는 것은 상식이다. 하지만 정신질환의 투병기를 흔하게 접할 때까지는 넘어야 할 산이 많다. 그래서 우리에겐 장우석 저자의 책이 더욱 소중하다. 그의 책은 우리 사회에도 희망이 있다는 신호탄이다.

좋은 치료를 받고 믿을 수 있는 사람들과 함께 그리고 무엇보다 지역사회에서 '일'을 통해 그는 자립했고, 이제 우리 사회의 누구보다 다른 사람들과 그들의 성장을 돕는 일을 성실하게 해나가고 있다. 앞으로 우리 사회에 무엇이 필요할지 고민하는 분들께도 일독을 권한다.

경희대학교병원 정신건강의학과 교수
한국트라우마스트레스학회 회장
백종우

축하의 글

얼마 전에 정신장애를 가진 당사자들과 삶에 관해 얘기 나누는 시간을 가졌다. 그 자리에 있던 여러 사람이 정신질환 발병 후 추락해버린 자존감과 잃어버린 관계와 불안한 미래로 인해 힘겨워진 삶을 토로했고 우리는 서로 공감하고 함께 애도했다. 그러던 중에 한 사람이 손을 번쩍 들더니 이렇게 말했다. "저는 정신질환이 생긴 이후의 삶이 이전의 삶보다 더 행복해요!"

나를 포함한 많은 이들이 '진짜?'라는 눈빛으로 일제히 그를 쳐다보고 있을 때, 반대편에 앉아있던 이가 그를 향해 한 마디 던졌다. "나도 그래요. 당신이 얘기하는 게 어떤 의미인지 나는 알아요"

정신질환이 생긴 이후의 삶은 정해져 있는 게 아니다. 정신병원을 들락날락하며 혼자서 늙어가다 쓸쓸히 삶을 마감하는 정신질환자의 운명 따위 없다. 첫 만남에서는 정신질환이라는 강적에게 자아의 공간을 대부분 내어주고 휘둘리기도 하지만, 지지적이고 마음을 나누는 관계와 회복될 수 있다는 희망과 적합한 정신 약물의 도움을 받을 수만 있다면 당사자는 자신의 영토를 회복하고 정신질환이라는 녀석을 잘 다루면서 의미 있고 행복한 삶을 살아갈 수 있다.
그것이 회복이다.

당사자의 회복을 돕는데 가장 좋은 재료는 회복 당사자의 삶의 이야기이다. 나는 당사자와 가족이 쓴 책이 출간되면 모두 읽어 보고, 당사자들과 함께 읽고 토론하는 시간을 함께 하고 있다. 거기에는 발병에서 회복에 이르는 생생한 경험과 삶의 지혜와 공감과 위로가 담겨 있다.

그중에서도 당사자들에게 내가 주로 권하는 책 중의 하나가 「당신은 아파했던 만큼 행복할 수 있는 사람입니다」이다. 여기에는 장우석 작가의 힘겨웠던 시간이, 회복의 도구와 활용법들이, 자신과 가족을 용서하고 화해하는 관계의 치유 경험이 가득 담겨 있기 때문이다.

또 한 명의 상처 입은 치유자로 살아가며 자신의 경험을 통해 지금 고통의 강을 건너고 있는 사람들 곁에 서 있고자 애쓰는 장우석 작가의 의미 가득한 책을 통해 우리 사회도 조금은 더 건강해지길 기대한다.

서초열린세상 **박재우 소장**

축하의 글

저는 28년 차와 20년 차 조울러 두 아들을 둔 부모입니다. 큰 아이가 정신병원에 4번 입원했었고, 작은 아이는 13번 입원했었습니다. 그러던 중 큰 아이 부부가 2018년 7월 유튜브 '조우네 마음약국'을 시작했고, 차남 그래이 부부, 저희 부부도 참여하여 함께 방송하게 되었습니다.

그러다 보니 정말 수많은 정신질환자와 가족들의 아픈 사연을 알게 되었습니다. 그런 그들에게 가장 필요한 것은 바로 장우석 님의 '당신은 아파했던 만큼 행복할 수 있는 사람입니다'라는 책과 같은 나눔과 정보였습니다.

또한, 저희는 내담자들에게 지속적인 도움을 주고자 '조우네 마음약국 독서밴드'를 운영해서 현재 447명의 회원이 있습니다. 이 책은 당연히 필독서로 소개되어 독후감을 가졌는데, 회원들의 반응은 폭발적이었습니다.

끝으로 이 책이 우리나라에서 '정신건강 국가책임제'가 시행되는 일에 귀한 쓰임을 받는 책이 되길 바랍니다.

조우네 마음약국 공동대표 **고직한 선교사**

축하의 글

원고를 받자마자 한숨에 읽어 내려갔다. 그의 인생 전반에 걸쳐 경험한 정신질환과 회복 스토리는 마치 한 편의 영화를 보는 것 같다. 그야말로 감동적이면서도 충격적이다. 저자는 아픔의 경험과 고통 속에서도 끊임없는 성찰을 통해 '아픈 정신과 환자'에서 이제는 누군가를 도울 수 있는 '아픔의 전문가'로 거듭났다.

그의 삶 자체가 용기와 희망을 상징한다. 이 책은 그의 깊은 정신과적 지식이 배어 있을 뿐 아니라 평범한 일상을 살고 있는 수많은 사람들에게도 공감대를 끄집어내는 그의 섬세한 마력이 묻어 있다. 천만 우울증 인구의 시대에서 오로지 해답은 고립과 단절이 아닌 바로 아픔들의 연결에 있다.

이 책은 정신질환에 대한 발상의 전환이 필요한 우리 사회에 두 눈 번쩍이는 실천력과 무한한 가능성을 제시한다. 우리 모두는 미쳤다! 그러나 함께하면 단단해질 수 있다. 이 책에 쓰인 저자의 삶이 보여주는 것처럼.

Mental Health Korea 부대표 장은하

글을 시작하며

우리의 문명은 지금 지구온난화를 겪고 있다. 한편 우리의 삶은 사람의 온도를 느끼기 어려운 빙하기의 시대로 접어들고 있다. 가족과 여유 있게 밥 한 끼 먹기 힘들 정도로 바쁜 삶. 가족이라는 이유로 같은 공간 속에서 살아가지만 서로를 모르는 '섬'과 같은 존재가 되어가고 있다. 모든 관심은 자신에게로 향할 뿐 다른 사람을 살펴보려 하지 않는다. 문명은 발전했으나 슬프고 고독한 시대가 되었다.

정신질환은 자기 증오와 불통에서 온다. 감정을 교류하지 못하고 자신만의 생각에 빠져있을 때 그 생각은 고인 물처럼 썩고, 왜곡된다. 자기만의 세계를 만들고 그 안에서 위안을 찾는다.

정신질환은 누구나 걸릴 수 있는 질환이며 생각보다 많은 사람들이 겪고 있다. 성인남녀 10명 중 3명은 불면증을 비롯해 우울증, 조울증, 조현병을 가지고 있다.

특히 최근 정신질환을 방치하는 사람들로 인해 사회문제가 일어나고 있다. 정신질환은 발병하기 전 징후를 포착하고 대응하는 예방의학적인 접근이 중요하다. 그러기 위해 본인 스스로 병을 인지해야 하며 약물 등 의학적 관리를 받아야 한다. 가족의 지지와 협력도 중요하다.

흔히 말하듯 나를 알고 적을 아는 것이 승리의 지름길이라면 나를 알고 병을 아는 것은 회복의 지름길이다. 하지만 많은 사람들이 여전히 정신질환에 대해서 제대로 알지 못하고 관심을 두지 않는다.

정신질환은 불통에서 시작된 고립으로 인해 극단적 결정까지 하게 되는, 방치하면 안 되는 질환이다. 그럼에도 아픈 마음을 가두고 현실과 동떨어진 세계 속으로 몰두해 가는 사람들이 있다.

정신적 아픔은 쉬쉬하며 해결될 문제가 아니다. 자신을 표현하고 함께 공감할 때 현실에서 나를 찾을 수 있고, 사회인으로서 제대로 기능하며 회복자로 살아갈 수 있다. 정신적 아픔을 겪은 사람들과 보통 사람들이 함께 마음을 열고 살아갈 수 있다면 세상은 더욱 건강하고 성숙해질 것이다.

나는 정신질환을 겪은 경험자이자 회복자로서 이 질병의 성격을 솔직하게 표현하고 함께 공유하고자 한다. 내가 전하는 부족한 나의 고백이 부디 지금 정신적 어려움을 겪는 사람들에게 도움이 되길 바란다.

저자

차 례

화보_ 004

추천의 글

    빛날 정신건강의학과의원 이 혁 원장_ 012

    경희대병원 정신건강의학과 백종우 교수_ 013

축하의 글

    서초열린세상 박재우 소장_ 014

    조우네 마음약국 고직한 선교사_ 016

    Mental Health Korea 부대표 장은하_ 017

글을 시작하며_ 018

1장 나는 심각한 정신질환자였다

    F 코드_ 024

    자살충동_ 026

    공황장애와 행복한 가족으로_ 028

    우울증의 탈출구는 어디에 있을까_ 033

    망상이라는 이름의 행복_ 036

    내가 만든 황홀한 감옥_ 038

    망상의 후유증_ 041

    가족들은 떠나가고_ 043

2장 유리병에 갇힌 나

내가 그때 머물렀던 세계_ 046

촉발장치_ 048

나를 싫어하는 것 같다는 불안감_ 051

공포는 좋은 도구가 될 수 있다_ 054

마음이라는 이름의 다세대 주택_ 056

정상과 비정상의 차이_ 058

3장 흔들리는 나무는 더 깊이 뿌리를 내린다

내가 서있을 수 있는 자리_ 062

태권도 사범이 되다_ 064

세상의 편견에 맞서_ 066

8년차 직장인의 삶_ 069

당신은 특별한 사람이 아니다_ 071

고통의 시간을 지나_ 073

마음의 덮개 열기_ 075

4장 진정한 치유는 소통이다

관계는 회복의 힘_ 078

가족은 힘이다_ 080

나도 결혼을 할 수 있을까_ 083

고백의 힘_ 088

일은 종합예술이다_ 090

춤과 운동을 통한 내면세계의 치유_ 092

기분이란 내 마음의 상태를 알려주는 온도계_ 094

정신질환에 대한 오해 바로잡기_ 097

전인적이고 신체적인 정신건강 회복_ 101

정신질환에 도움이 되는 음식_ **104**

5장 당신이 아파한 만큼 당신은 행복할 수 있는 사람입니다
좌절감이 내게 알려준 것들_ **108**
정신건강의학과는 우리에게 뭘 도와줄 수 있지?_ **110**
미디어를 통해 보았던 정신질환들_ **112**
넘어져도 다시 일어나려는 의지가 있다면_ **114**
고통에는 뜻이 있다_ **116**

6장 병상에서 회복일기
국립서울병원에입원 후 우울기 후 망상 · 환청을 동반한
조증 재발 시기에 작성한 36개의 일기_ **120**

7장 아버지가 사랑하는 아들에게 보내는 러브레터
1994년 4월 22일(초발)_ **166**
1994년 5월 20일(3일만에 재발)_ **170**
1997년 1월 31일_ **174**
1998년 1월 20일_ **176**
2000년 4월 20일_ **179**

8장 상담사례_ 183

에필로그
고난도 내게 유익이라_ **194**

1장

나는 심각한 정신질환자였다

F 코드

의사가 나에게 내린 진단 내용을 요약하자면 이러했다. 양극성장애 1형, 조증과 망상 및 환청을 동반. 나는 세상 사람들이 흔히 '정신질환자'라고 말하고, 사회에서는 'F 코드'의 낙인이 찍힌 심각한 정신질환자였다.

F 코드란 무엇을 의미할까. 아마도 Fail(실패)를 뜻하는 F 학점을 떠올리는 사람도 있으리라. 하지만 내가 말한 F 코드는 건강보험 청구기호로 '정신질환'을 뜻한다. 이 코드를 가진 사람은 사회적 편견을 감수해야 하고 온갖 불이익을 받게 된다.

정신질환과 관련된 수많은 편견 중 대표적인 것은 '불우한 가정환경에서 정신병이 비롯된다'는 것이다. 이 말을 반대로 하면 '정상적인 가정환경이라면 정신병은 없어야' 할 것이다.

사실 경제적으로 본다면 유년 시절 나에게는 아무런 문제가 없었다. 좋은 동네에서 2층 대형 주택에서 살았다. 윤택한 삶이었다. 하지만 나의 몸과 마음은 고통스럽고 아팠다. 돈이 많고 집이 크고 화려하다 해서 그 집에 사는 사람이 병에 안 걸리는 것은 아닌 것처럼 말이다.

나는 작은 것에도 걱정과 염려가 많았다. 고지식하고 경직되었으며, 소심한 마음을 가진 예민한 아이였다. 그래서 아버지에게 혼이 날 때마다 무서움에 오금이 저렸고 쉽게 눈물을 흘렸다. 여린 마음은 쉽게 상처를 받았고 거친 말과 행동을 수용할 수 없었다. 내 정서의 안테나에 붙잡혀 들어오는 전파는 늘 불안감과 두려움이었다.

사실 부끄러움이 많았던 아버지는 군기가 엄했던 DMZ에서 하사로 군복무를 하면서 성격에 큰 변화를 겪었다고 한다. 그래서 군대가 당신을 변화시킨 것처럼, 같은 방식으로 나를 변화시키려고 했던 것 같다.

하지만 사람은 식물이 아니다. 사람은 팥 심은 데 팥이 나지 않고 콩 심은 데 콩이 나지 않기 때문에 늘 변화의 가능성이 열려있다.

마찬가지로 부모가 장미꽃을 심는 마음으로 자녀를 키웠다고 해도 자녀가 모두 같은 꽃으로 자라나지는 않는다. 거의 꽃을 피우지 않지만 생존력이 강한 선인장이 될 수도 있고, 새벽에만 꽃을 피우는 나팔꽃이 될 수도 있다.

하지만 부모들은 자주 '의도하지 않았으나 결과적으로 의도된 실수'를 저지르곤 한다. 마치 분재를 만들듯 '아름답게 자라 달라'는 바람으로 자녀의 몸에 철사를 감는 것이다.

자살충동

10세 무렵 아버지의 사업이 크게 부도를 맞았다. 가정의 풍파와 부모님 이혼 위기 이후 부모님의 노력과는 상관없이 내게는 삶의 기쁨이 없어진 느낌이었다.

아버지의 행동에는 일관성이 없었다. 어떤 날은 나를 보물처럼 애지중지 대하다가 술을 잔뜩 마시고 들어온 날에는 불같이 화를 냈다. 나는 그런 아버지의 두 얼굴을 신뢰할 수 없었다.

초등학교 6학년 무렵, 운동장에서 혼자 철봉을 하다가 착지를 잘못해 팔이 부러지는 사고를 당했다. 아픈 팔을 부여잡고 집으로 돌아오던 길에 아버지를 만났다. 나는 아버지를 미워했고 불신했기에 아무것도 아니라며 집으로 향했다. 나중에 그 사실을 알게 된 아버지는 크게 상심하셨다.
당시 나와 아버지와의 관계가 단절된 상황을 보여주는 한 단면이었다.

이런 일도 있었다. 내가 중학교 1학년 때 중간고사에서 90점을 받아온 적이 있었다. 아버지는 말했다.
"턱걸이로 90점을 받았구나. 95점 이상은 받아야 한다."

중3 때 97점으로 3등에 들었다. 아버지는 말했다.
"반에서 1등을 해야 한다."

고등학교에 진학하자 아버지는 말했다.
"서울에 있는 대학교를 가는 것을 목표로 해서 매진해라.
마지막에 웃자."

나는 웃을 수 없었다.
나는 자살에 대해 생각하기 시작했다.

공황장애와 행복한 가족으로

자살을 생각하기 시작한 이후 나는 점차 삶에 대한 애착보다 죽어서 천국에 가는 것에 대한 것을 추구하기 시작했다. 그래서 더욱 종교에 심취한 아이로 성장해갔다. 현실은 고통뿐이라고 생각했기에 영원에 대한 열망이 강했다.

현실에는 내 마음을 둘 곳이 없었기에 늘 외롭고 슬프고 공허했다. 현실은 고통으로 느껴졌고 미래와 영원한 세계를 추구하며 영생을 소망하기 시작했다. 이런 영적인 것들에 대한 집착은 점차 자기 성장이 아닌 종교적 강박증으로 빠지며 현실도피의 수단이 되었다. 그것은 결국 나에게 '종교망상'이라는 배경을 형성해주었다.

종교망상이란 자신이 메시아 혹은 신이라고 주장하거나 악마가 씌였다던가 용서받을 수 없는 죄를 지었다고 생각하는 망상을 가리킨다. 나에게는 이러한 증세가 늘 동시에 찾아왔다. 무엇이든 가능한 신이 되었다가 한순간에 공포심의 나락으로 추락해 벌벌 떠는 존재가 되었다.

공포심을 이겨보기 위해 초등학교 다닐 무렵 매일 성당의 새벽 미사에 가서 복사(服事)를 섰다. 하지만 공포심은 줄어들지 않았다. 수업시간에 선생님이 문제를 내거나 앞으로 나와

서 무엇을 하도록 시킬 때도 마찬가지였다. 꾸중을 듣고 친구들에게 창피를 당하는 것이 무엇보다 두려웠다. 시험기간 며칠 전부터는 헛구역질이 나고 긴장감이 최고조에 이르렀다. 당시 나는 그저 남들보다 심하게 긴장한 것이라 여겼다.

내가 정확히 '장애'를 지니고 있다는 것을 깨달은 계기는 시험이 끝나고 부산 남포동에 있는 극장가로 전교생이 영화를 보러 갔을 때다. 극장 안에서 나는 갑작스러운 공황발작을 하게 됐고 계속되는 헛구역질과 이유를 알 수 없는 불안감을 느꼈다. 숨조차 잘 쉬어지지 않았다. 곧 죽을 것만 같다는 정신적인 혼란과 두려움이 엄습해왔다.

이후 성당의 전체 모임이나 사람들이 모인 장소에서 불안감과 긴장감이 극도에 달하면 여지없이 공황발작이 일어났다. 밖으로 뛰쳐나가서 숨을 크게 몰아쉬고 물을 마시면서 진정시키는 방법밖에 없었다. 나의 이런 모습이 다른 사람들에게 노출되는 것이 싫었다. 매일 TV 만화와 오락실에서 게임을 하면서 공황장애의 고통을 잊으려고 했다.

지금 돌이켜 생각해보면 참으로 미련했다. 밑바닥도 보이지 않는 공포를 어떻게든 없앨 생각만 했을 뿐, 그것이 어디서부터 왜 오는 것인지 이해하려 하지 않았다. 가족이나 친한 친구들에게조차 말하지 않으며 혼자서 끙끙 앓았다.

그렇게 증세는 더 심해졌다. 수많은 증상들이 몰려와 나를 괴롭혔다. 시선 공포, 적면 공포(얼굴이 붉어지는 것을 겁내는 공포), 모서리 공포, 말더듬 공포, 광장 공포, 밀폐 공포, 귀신 공포, 발표 공포, 시험 공포, 선밟기 공포, 강박증 등 온갖 증상이 나타났다.

이러한 성격을 '정신력'으로 '개조'해 보겠다는 생각으로 소심증 극복 학원을 두 달가량 다니면서 대인공포를 극복해보려 하기도 했다. 지금 돌이켜보면 헛웃음만 나오는 말도 안 되는 학원이었다. 성격이라는 것은 '개조되는 것'이 아니라 '성숙해가는 것'이라는 것을 뒤늦게 알게 되었지만.

이 학원에서 가르쳐 준 '개조'의 방법이란 이런 것이었다. 지하철과 극장가처럼 사람이 많이 모인 곳에서 우렁찬 목소리로 자기 고백을 한다. 적극적이고 긍정적인 사고방식만이 살 길이라는 내용이었다. 나는 실제로 광장에서 자기암시문을 낭독하고 노래까지 외어 불렀는데, 고성방가로 경찰서에 잡혀갈 뻔하기도 했다. 하지만 내 기질을 거스르는 이런 개조 방식은 나에게 도리어 상처만 주었다.

나와 비슷하거나 혹은 더 심한 마음의 고통을 겪고 있을 사람들에게 되도록이면 이런 시도는 하지 말라고 권하고 싶다. 사람을 도형에 비유하자면 삼각형도 있고, 사다리꼴도 있을 것이다. 하지만 이런 곳에서 강조하는 것은 '살기 위해서는 내가 원 모양이 되어야만 하니 나를 그 틀에 맞춰야 한다'는 것이다. 이러한 개조 방식은 말 그대로 당신을 인조인간으로 만들 뿐이다. 당신은 개조되어야 하는 도구가 아니라 이해받고 치료받아야 하는 사람이다.

나는 성인이 된 이후 병원치료를 받으면서 기분 조절제를 복용하고 규칙적인 생활을 하면서 몸이 천천히 회복되어갔다. 이후 점진적으로 심리적인 안정이 찾아오기 시작했다.

가족들의 노력도 큰 역할을 했다. 부모님은 신앙생활과 함께 나의 아픔을 이해하기 위한 교육까지 받는 노력을 기울였다. 정신건강에 대한 책도 읽었고 당신들이 배운 내용을 나에게 실천해 보였다. 전에 없었던 포옹을 자주 했다. 사랑한다. 고맙다. 미안하다는 말을 틈날 때마다 해주었다.

나는 늘 애정 결핍과 인정에 목말라하는 결핍자였으나 이러한 가족들의 노력으로 마음의 위로를 받을 수 있었다. 가족 사이의 대화 내용이 달라지면서 죽어가던 나는 차차 소생하기 시작했다. 20대 초반까지는 가족의 변화가 어색하게만 느껴졌다. 하지만 부모님들의 일관된 모습에 사랑의 본질을 느꼈다.

그 후 부모님은 새로운 삶을 찾아 이민을 떠났다. 시간이 지날수록 그리움과 애틋함과 보고 싶은 마음, 사랑의 감정이 원망과 증오를 밀어내고 있음을 느꼈다.

가족은 왜 서로에게 상처를 줄 수밖에 없는 걸까. 가족이라는 이유로 우리는 모든 것을 이해하려 하고, 이해하고 있다고 자신하기 때문이 아닐까. 하지만 자식이 아버지나 어머니를 얼마나 이해하고 있는지, 반대로 부모가 자녀들을 얼마나 이해하고 있을까 생각해보면 사실 그렇지도 않다.

흔히 가족을 해체시키는 것은 서로에 대한 무관심이라고 말한다. 그러나 무관심이란 정말 상대에 대해 관심이 없는 데서 비롯되기도 하지만 서로를 잘 알고 있다고 생각하는 착각에서 생겨나기도 한다.
가족 사이에 서로를 사랑하기 위한 중요 전제는 사랑 그 자체가 아니다. 가족 간의 사랑은 건강한 거리감과 경계선에서 나온다.

나의 인생은 나의 것, 부모님의 인생은 부모님의 것. 하지만 누구보다 애정과 관심을 가지고 지켜봐 주고 도와주는 것, 이것이 행복한 가족이 아닐까.

우울증의 탈출구는 어디에 있을까

우울증이 언제 시작되었냐는 질문에 '진학 실패' 사례를 이야기하는 사람들이 많다.

나 역시 그러했다. 대학에 떨어진 뒤 경조증이 왔다. 경조증이란 조증보다 정도가 약한 상태를 가리키는 말이다. 당시에는 상태가 심각해질 것이라 생각하지 못했다.

입시에 실패한 나는 곧 아버지가 일하는 도로공사 현장에 말단 직원으로 들어가 초봉 40만 원의 월급을 받으며 일을 시작했다. 하지만 불과 한 달 만에 조증이 발병했고 대학병원에 입원을 해야 했다. 당시 상태가 매우 심각해 119구급차에 실려 갔고 수갑이 채워져 이동해서, 병원에서는 격리와 강박을 1주일간 당해야 했을 정도였다.

당시 나는 마음 붙일 곳이 없었고 모든 것이 공허했다. 세상이 나를 버렸다고 느꼈고 그래서 나도 스스로를 포기했다. 의존적이었으며 무기력에 길들여진 울고 있는 어린아이였다. 약의 부작용으로 손을 심하게 떨었고 침을 흘리며 불안증을 겪는 비참한 모습이었다.

이런 심한 우울증에 걸린 사람은 현실에서 받는 아픔과 상처가 너무나 크다고 느끼기 때문에 모든 것을 부정하고 자신만의 체계화된 망상을 하나둘씩 만들어간다. 하지만 그럴수록 현실은 점점 멀어져 간다.

나 역시 사람들에 대한 신뢰감이 약했고 말과 행동을 오해하거나 착각하고 왜곡하기도 했으며 의심과 집착이 강한 애정결핍자였다. 버림받을까 전전긍긍하며 상대방에게 매달리는 모습, 상처받을까 봐 먼저 버리거나 체념하는 경계선에 선 모습을 보였다. 과대화된 자아가 자리 잡고 있어서 나르시시즘이 강하여 생각의 비약과 환상적 사고에 빠지는 일도 자주 있었다.

그런데 그런 심리 속의 가장 뒷면에는 늘 어린아이가 있었다. 엄마의 사랑을 잃어버리고 버림받을 것 같아 울고 있는 어린아이. 불안, 두려움, 소외감은 분노와 우울로 이어졌고 소외된 감정은 정신질환이 재발하는 근원적인 원료가 되었다.

이러한 감정이 회복되지 않고 진행되면 정신증 증상이 발현되기도 한다. 불면, 수면박탈, 불안정한 충동, 들뜬 기분 등이 나타난다. 이는 전형적인 조증 단계로 심해지면 생각의 비약, 과대망상, 피해망상 그리고 관계망상이 고개를 들게 된다.

조증 단계가 정점에 오르면 내 안에 숨어있던 두 얼굴의 괴물이 살아났다. 주체할 수 없는 감정이 파도치고 격앙된다. 강력한 감정이 나를 삼키고 자아를 박살 냈다. 내면의 화산이 분출하며 내 안에 헐크가 살아난다. 현실감을 잃어가면서 주체할 수 없는 황홀감을 느낀다. 하지만 한편으로 죽을 것 같은 공포와 두려움에 휩싸인다.

정신질환이 심각했을 때, 나 자신에게 공포를 느낄 만큼 나의 자아를 놓쳐버렸다. 그리고 망상 속에서 위대한 신적 존재로 변신했다. 하지만 깨어났을 때는 초라한 내 모습에 절규하는 정신병원의 환자였을 뿐이었다. 정신질환은 환희와 황홀한 감정을 경험하게 해주었지만 망상이 끝난 뒤에는 반드시 그만큼의 징계와 심판이 따랐다.

허상을 좇아가며 자신을 잃은 대가로 나는 내 인생을 무너뜨리고 있었다. 스스로 삶을 엉망으로 만들고 있다는 사실을 인식하는데도 많은 시간이 걸렸다. 바닥을 여러 번 치고 죽을 것 같은 극심한 고통을 경험하고 나서야 나는 현실을 조금씩 있는 그대로 받아들이고 알아가기 시작했다.

그때는 알지 못했다. 우울의 터널을 빠져나가는 가장 좋은 방법은 외벽을 짚어가며 출구 쪽 빛을 향해 계속해서 걷는 것이라는 것을.

망상이라는 이름의 행복

망상은 치유되지 않을 것 같은 아픈 마음에 뇌가 보상해 주는 마약성 진통제다. 이 강력한 진통제는 어떠한 경고 문구도 없다. 하지만 현실의 고통이 견딜 수 없다고 느낄수록 더 강한 망상이 필요해지고, 망상에 중독이 되어 간다.

망상은 나에게 뛰어넘지 못할 것 같은 현실의 벽을 잊게 만들어줬다. 현실과의 끈을 느슨하게 해 눈앞에 있는 벽을 없애줄 마술과 같은 장막을 만들어 냈다. 하지만 현실의 벽은 절대로 사라지지 않았다.

망상의 세계는 왜곡된 세계이며 현실의 자아를 잃은 비현실적 세계이다. 망상은 늘 시작과 끝이 있고, 중독자들과 비슷한 후유증을 남긴다. 이 후유증은 마치 마약중독자가 환각을 경험하고 깨어나서 초라한 자기를 발견했을 때 다시 그 세계로 빠져들려고 하는 자기파멸의 모습과 흡사하다.

나는 망상으로 현실을 왜곡했고 그 대가로 처절한 고통을 감내해야 했다. 망상의 세계 속에서 나는 신이 되고 왕이 됐다. 하지만 그곳은 나 혼자만의 세계이며 현실에 있는 다른 타인들은 아무도 이해하지 못하는 비현실이다.

비현실의 세계에 오랫동안 붙잡혀 있다보면 인질이 범인에게 동조하고 감화되는 스톡홀름 증후군처럼 현실을 미워하게 된다. 왜 현실은 나를 괴롭게 하는 것일까? 소외감, 버림받은 마음, 거절과 상처의 틈을 비집고 피해의식이 생겨난다.

남이 나를 어떻게 생각할까? 그는 나에게 관심이 없는 것 같아. 나는 외로워, 혼자야. 사랑받지 못하고 인정받지 못해. 주목받지 못해. 사람들이 나에 대해 수군대고 싫어하고 있어, 나를 괴롭히고 힘들게 해.

피해의식은 점점 피해망상으로 나아간다. 피해망상은 '나를 괴롭히고, 죽이고, 미행하고, 어떤 장치를 이용해 나를 관찰하는, 나를 통제하는 어떤 힘이 있다'고 믿게 만든다.

나 또한 내 스스로를 괴롭힘으로써 안전한 나만의 세계를 찾아 그 속으로 웅크리고 몰입해 갔다. 그러나 그것은 현실이 아니었다. 자기 사랑의 부재가 만들어 낸 자기학대였다. 현실의 나를 지키려다가 현실의 나를 지워버리는 슬픈 퇴행이었다. 망상은 세상의 상처와 아픔과 고통에 눈을 감게 만들었다. 나는 오로지 나의 세계에만 몰입하고 싶었던 것이다. 자기 세계 안에서 주인공이 된 나는 세상을 왜곡하고 그 안에서 일시적인 안정감과 통제할 수 있는 행복을 느꼈다.

이런 행복도 있다.
하지만 현실이 아니다.

내가 만든 황홀한 감옥

망상으로 고생했을 때 가장 힘든 것이 무엇이냐고 묻는다면 '감미롭고 달콤한 자아도취에서 벗어나기가 힘들었다'는 점이다.

피해망상과 쌍벽을 이루는 일면은 과대망상이다. 과대망상은 과대사고에서 발전하는데 보통 '나는 특별한 사람'이라는 생각에서 출발한다. 이런 생각은 '나는 소중한 사람'이라는 '자존감'과 매우 거리가 있는, '자만심' 혹은 '자기기만'에 가까운 감정이다.

"나에게 이런 일이 일어나는 것은 신의 특별한 섭리가 있어. 다른 사람들과 나는 다르고 나만은 특별해."

이러한 감정은 흔히 소외감과 열등감의 반동으로 생겨난다. 우월감과 나르시시즘의 자아 도취감이 증대해가면 과대망상으로 발전할 수 있다.

내 경우는 이러했다.

"이런 시련과 고통을 주시는 것은 나에게만 어떤 특별한 사명과 소명이 있기 때문이야. 나는 그 사명을 이루기 위해서

이 세상에 왔어. 나는 일반 사람들과 다른 특별한 능력이 있어. 그 위대한 힘으로 이 세상을 구원하고 세상을 위해서 큰 일을 할 거야."

이러한 피해망상과 과대망상이 다시 종교망상과 과대망상으로 연결되었다. TV와 영화, 매스컴에서 이야기하는 것들이 나에게 세계평화를 위한 메시지를 전달하려는 것이라고 생각한다. 그리고 마치 자신이 영화 매트릭스에 나오는 네오가 된 것처럼, 영적 미션을 받은 순례자처럼 행동한다. 새벽에 TV 속 연예인들과 눈빛을 맞추고 그들이 들려주는 노래 가사 속에서 나만의 메시지를 찾는다. 신문 뉴스에서도 암호를 해석하듯 의미를 찾는다. 불경과 성경책을 자의적으로 해석한다. 뉴에이지 음악에서 들려오는 음악 소리는 하늘의 군대와 천사들이 나를 위해서 힘을 주기 위한 환호 소리로 들려온다.

하지만 현실은 이와는 정반대였다. 나는 조증에서 조광증으로 넘어가며 강제 입원했다. 보호실에서 침대에 묶여 1주일씩 지내며 지옥 같은 시간을 보냈다. 퇴원해서도 상태가 그리 좋지는 못했다. 칼을 보면 얼굴에 갖다 대고 극단적 생각에 빠져 있다가 어머니께 제지당하기가 여러 번이었다.

지금 와서 원인을 살펴보면 이 모든 것은 현실감각이 약해져서 생기는 현상이라는 점이다. 과거의 상처, 부정적인 해석, 취약한 대인관계 안에서 반복된 사고유형이 정상적인 사고를 밀어낸 것이다. 비합리적인 생각, 감정의 혼란이 얽히며 나의 혼미한 정신 상태로 자리 잡은 것이다. 나의 피해망상은 점차 심각하게 진행되며 관계망상도 동시다발적으로 나타났다.

예를 들면 이런 식이다. 길을 가다 마주친 낯선 사람을 내가 언젠가 만났던 사람으로 느낀 적이 있었다. 당연히 현실에서는 그들과 나는 아무런 연결고리도 없었다. 그러나 당시 나는 존재하지 않는 현실을 만들었다. 그 사람이 전생에 나와 분명 아는 사람으로 생각한 것이다. 이런 생각은 나와 우연히 마주친 그가 나의 정체를 알아차렸고, 나도 그 사람들을 알고 있다는 쪽으로 발전하게 된다. 과대망상이 살아나고 기분이 고양되면서 나는 내 스스로를 특별한 사람으로 인식한다. 한편으로는 나의 감정과 생각이 그 사람들에게 모두 알려진다고 생각되게 되면서 극심한 공포와 두려움이 찾아온다.

물론 이것은 내 망상의 변화를 간단히 말한 것이다. 증상을 겪는 사람마다 개인차가 있을 것이다. 망상은 심각하게 발전하기 전에 징조를 인식하는 것이 중요하다고 할 수 있다. 꾸준한 약물 관리, 일기, 기분변화, 수면, 대인관계를 점검해 나가며 자기관리를 하면 심각한 상태로 진행되는 것의 예방이 가능하다. 망상의 강도 역시 점점 약해지는 것을 경험할 수 있다. 부디 정신증으로 고통받는 모든 이들이 현실감각을 힘껏 부여잡고, 강한 생명력으로 생활함으로써 망상의 파도를 넘어가길 바란다.

망상의 후유증

망상이 중독이라고 말했듯, 망상은 서서히 어느 날 갑자기 찾아오는 것이 아니다. 알코올이나 도박 중독처럼 서서히 일상을 지배하며, 몸과 마음을 좀먹고, 후유증의 고통을 남긴다.

내가 겪었던 망상 중 하나는 이런 목소리였다.
"너는 신의 아들이고 그가 사랑하는 자다. 나의 일을 하라."

나는 다시 그 소리를 확인하고 라디오를 주먹으로 세게 여러 번 치며 내 힘을 과시하는 의식을 치른다. 손에 피가 나도 아랑곳하지 않았다. 그리고 나서 새벽에 아버지 신발을 신고 몰래 나가곤 했다.

길에 있는 차를 밟고 올라가서 뛰어넘었다. 차 위로 달리기를 하는데 마치 날아가는 것처럼 몸이 가벼웠다. 횡단보도를 건너려는데 빨간불이 보였다. 그러나 상관하지 않고 건너가려 했다. 자동차 경적에 몸이 반응해서 멈추긴 했으나 치여 죽어도 다시 살 수 있다고 생각한 것이다.

망상과 환청은 무섭고 위험한 것이었다. 하지만 망상과 환청으로 가기 전에 증상을 미리 알아차리고 중간에서 잘라낼 수 있다면 예방과 관리가 가능하다. 그러기 위해 적절한 약물 조절만으로도 대응할 수 있다. 하지만 보통 사람들에게는 망상과 환청을 약물로 막을 수 있다는 것이 이해가 안 될 수도 있다. 이렇게 말해 보면 어떨까.

망상이라는 이름의 통제 불능의 위험한 약을 끊기 위해 과학적 검증 과정을 거친 현실의 약이 필요한 것이라고.

물론 약물로 모든 것을 해결할 수는 없다. 약물이 해결해 줄 수 있는 망상은 표면적인 것이다. 약물의 역할은 수술하기 전에 환자의 기력을 회복시키고 상태를 안정시키는 것과 비슷하다.

약물을 통해 망상이 어느 정도 잡힌 이후에는 정신과 의사 혹은 전문상담사, 멘토와 함께 망상의 잔재를 걷어내고 허구성을 분석해 간다. 이 과정이 본격적인 치료의 시작이라고 볼 수 있다.

가족들은 떠나가고

나는 20세부터 23세 봄까지 세 차례의 정신병동에서 입원 생활을 했다. 그 기간을 모두 합하면 나는 친구들이 군대를 다녀온 기간 동안 계속 정신병동에 입원해 있었던 셈이다.

이로 인해 가족들은 큰 고통을 받았다. 우선 한 달에 3~4백만 원씩 드는 대학병원비를 감당하기가 버거웠다. 병원비를 마련하기 위해 아버지는 사천에 내려가서 중장비 인부로 건설 현장에서 묵묵히 일했다. 어머니도 다른 사람 집안일을 해주고 건물 청소를 하러 다녔다. 누나들까지 공부와 일을 병행해야 했다. 여동생은 곧 대학에 진학해야 할 고등학생이었다.

그러나 나는 내 몸뚱이 하나 건사하기도 벅찼다. 오랜 시간 입퇴원이 반복되면서 인생의 낙오자가 된 것 같았다. 좌절과 절망스러운 마음으로 인해 조증과 우울증이 심해졌고 내 생명력은 점차 쇠퇴해져만 가는 기분이었다.

세 차례의 입원에서 병원을 세 번 옮기면서 국립서울병원까지 오게 되었다. 그동안 감당하기 힘든 많은 돈을 병원비로 써야 했고 이로 인해서 가족은 심리적, 경제적 타격을 입었다. 그리고 거기에 더해 1997년 경제위기까지 찾아왔다.

당시의 상황 속에서 부모님과 여동생은 오래전 신청한 미국 이민 신청이 허가되면서 영주권을 받아 이민을 결정하고 말았다. 내가 24살이 되던 해 가족 대부분이 미국으로 떠나게 된 것이다. 나는 한국에 남아야 했다. 그때 아버지는 나에게 "너는 스무 살이 넘었기 때문에 함께 가지 못한다"고 말했다.

지금은 오해였다는 걸 알고 있지만 나는 당시 아버지가 이민 후에 가족들이 현지에 적응하는데 내가 장애물이 될까 봐 나에게 거짓말을 했다고 생각했다.

2장

유리병에 갇힌 나

내가 그때 머물렀던 세계

우리 몸이 감당할 수 있는 질병은 그것을 이겨냈을 때 내성이 생긴다. 그래서 어릴 적에는 너무 위생적 환경보다는 적절한 수준의 세균과 바이러스에 노출되는 것을 권장하기도 한다.

하지만 약간의 경험으로라도 여러분들이 정신질환을 체험하는 것은 권장하고 싶지 않다. 정신질환에는 내성이 생기지 않기 때문이다. 간접체험이라는 취지로 내가 잠시 머물렀던 '저 너머 세계'의 이야기를 들어보면 조금이나마 정신질환이 이해가 되지 않을까 싶다. 정신질환에 걸린 사람들에겐 '자신만의 아이템'이 있다. 저 너머의 세계로 넘어가기 위한 일종의 '여행 티켓'이라고 할까. 이상하게 들릴 수 있겠지만 나에겐 그 티켓이 성경이었다. 정확히 말하면 성경 중에서도 '요한계시록'이었는데, 자의적 해석을 할 경우 위험해질 수 있는 상징과 비유들이 많다. 천상의 세계와 미래의 일어날 일들, 천국에 대한 자의적인 해석은 과대사고로 이어지기 쉬운 스토리를 가지고 있다.

나는 잘못된 성경 해석을 통해 내가 특별하게 느껴지고 열등감의 반동으로 튕겨 날아오르려 했다. 과대망상의 날개를 달고 우월감에 가득 차도록 스스로를 부추겼다. 나는 그렇게 현실감을 점차 상실해갔다. 내 자신을 요한계시록의 증인으로 동일시했고 도취하였던 것이다. 과거 가톨릭 신자였을 당시 나의 세례명이 미카엘이었다는 것을 이유로 스스로를 미카엘 대천사로 여기고 신적 존재인 예수의 동생에서 하나님으로 과대망상의 절정에 이르렀다.

내가 신이 되었다는 생각을 믿었을 때 자아 인식은 완전히 무감각해졌고 나와 타인의 자아 경계선이 모두 사라지며 주체할 수 없는 감동과 환희가 몰려왔다. 하지만 곧바로 이어지는 극도의 두려움과 공포의 심연은 나를 혼란에 빠뜨리곤 했다. 정신은 쇠약해지고 광기가 정신을 혼미하게 만든다. 뇌의 에너지가 폭발하는 것 같은 느낌이 끊임없이 분출되고 신경전달물질의 불균형을 초래한다. 마약의 도움이 없이도 뇌의 호르몬이 나를 마약중독자와 비슷한 상태로 만들 수 있었던 것이다.

현실감을 이탈한 환희와 고통은 정신적인 금단 현상을 가져온다. 금단현상은 '신의 형벌이 나에게 내릴 것이라는 극도의 공포심' 같은 착각으로 찾아왔다. 자신을 속이고 신이 되려 한 나의 교만함에 진노한 하나님의 벌이 내릴 것이라고 말이다.

공포심은 공황상태를 가져오고 불안과 두려움은 뇌의 에너지를 바닥나게 만든다. 내 일상은 목적을 잃고 날아가 버린다. 그리고 쓰러진다. 그때 비로소 나는 비참하고 초라하고 슬픈 인간을 본다. 바로 내 자신이다.

촉발장치

망상과 환청은 왜 위험할까? 우선 이 단계로 들어서면 자해
나 타인을 해칠 위험성이 있다.

정신병동에 있으면서 내가 저지른 일 중 이런 사건이 있었
다. 나는 한밤중에 갑자기 일어나 신적 존재가 되어 병원을
활개 치며 달렸다. 그러다 불을 켜고 다른 환자들에게 고함
을 질렀다.

"다 일어나! 무릎 꿇어! 나는 신의 아들이다!"

소란에 놀란 다른 환자들이 여기저기서 소리를 지르며 나에
게 욕을 했다. 나는 그 사람에게 달려가서 '정당한 심판'을 내
리려야 한다고 생각했다. 큰 싸움으로 번질 것 같은 분위기
까지 이르자 며칠 전 입원한 험악하게 생긴 어떤 환자를 사
탄의 졸개라 여기고, 그와 대항해서 싸우고자 시비를 걸었
다.

그동안 병원에서 나를 불편하게 생각한 세 명의 알코올 중독
환자들이 들고일어나 나에게 공격해왔다. 나는 그들과 싸우
다 힘에 부쳐 침대로 몸을 피했다. 주먹과 발이 사방에서 날
아왔다.

치료진이 그들을 제지했고, 나는 안정실로 옮겨져 5포인트 (point) 강박을 당해 침대에 묶였다. 5포인트 강박은 양팔, 양다리, 가슴까지 묶이는 것으로 환자의 상태가 매우 심각할 때 사용된다. 그 정도로 내 상태는 좋지 않았다.

나는 이러한 '의식'을 아마겟돈의 전투에서 희생을 당했다고 해석했다. 죽어도 곧 부활하리라고 믿은 것이다. 하지만 이내 과대망상의 다른 날개인 피해망상으로 인해 죽을 것 같은 공포와 두려움이 찾아왔다.

주변인들이 모두 눈빛이 모두 빨갛게 보이고 천지에 모든 사람들이 나를 죽이려고 하는 것 같았다. 나는 공포에 질린 채 중얼거렸다. 이러한 사고의 비약은 밑바닥도 없이 진행되었다. 두려운 것을 이기는 것은 두려운 존재가 되는 것이라고 결론 내린 나는 내가 악마라는 생각에 도달했다. 그래야 공포를 이길 수 있다고 생각한 것이다.

소리를 지르며 나는 의식을 잃었다. 상상 속에서 신과 악마를 오가는 과정을 거치며 정신적 충격이 너무나 컸기 때문이다. 할돌과 아티반 등을 맞고 요도에 소변줄을 연결해서 소변을 대야에 받았다. 침대에 일주일 이상을 묶여있었던 것 같다. 소리를 지르고 악을 썼지만 옴짝달싹할 수 없었다. 살아도 산 것이 아니고, 죽어도 죽은 것이 아닌 것 같다는 말이 절로 나왔다.

그러나 묶여있는 동안에도 나는 과대망상과 피해망상으로 종교적 희생의식을 치르고 있었다. 신적 존재의 자폭과 그 희생으로 천국을 건설한다는 환상과 망상이었다. 자고 깨어나면 소리를 지르고 자해하기 위해 벽을 쳐서 주먹에 피가 흘렀다. 그런 짓을 아픈 줄도 모르고 계속했다. 시간이 흘러 조금 안정이 되었을 때 가족들이 면회를 왔다. 그때 나는 아버지가 너무나 미웠다. 나는 아버지에게 사탄이라고 소리를 질렀다. 아버지를 닮은 큰누나도 나에게 가까이 오지 못하게 했다. 나는 그 당시 진짜 가족은 여기에 없고 영혼이 바뀐 가짜 가족이 찾아왔다고 생각하고 있었다.

나는 지구 최후의 싸움에서 생존한 유일하고 위대한 존재이고 마지막까지 싸우다가 만신창이가 되어 죽을 것이라고 믿었다. 감당할 수 없을 것 같은 미래의 고통과 두려움이 몰려왔다. 이처럼 나는 극한에 달한 마음의 혼란으로 고통받고 있었지만 다른 한편으로는 나는 특별하다는 의식에 사로잡혀 환희와 황홀경을 체험하고 있었다.

현실감이 약물치료로 차차 돌아왔을 때 나는 부모님과 형제들에 대한 미움과 원망과 분노를 느낄 수 있었다. 그러나 여전히 현실과 망상의 사이에서 나는 왜곡된 감정의 끈에 매달려있었다.

나를 싫어하는 것 같다는 불안감

다른 사람에 대한 미움이 생기기 시작하면 나의 감정과 생각을 상대에게 투사하기 마련이다. 문제는 이런 생각이 이유 없이 오랫동안 지속되면 마음속에 이상한 생각이 자리 잡는다.

"그가 나를 미워하기 때문에 나도 그를 미워하는 거야."

그런데 그가 나를 지금도 미워하는지는 어떻게 알까? 알고 보면 그가 나를 더 이상 미워하지 않을 수도 있다. 심지어 그는 나를 완전히 잊어버렸다면? 그렇다면 이제는 그를 미워하기 위해 내 에너지를 써야 할 이유가 없다. 하지만 나는 상처받았고, 보상받지 못했다. 그렇기에 우리는 때로 원인과 결과를 뒤집어 버린다. 사실과 상관없이 그는 여전히 나를 미워한다고. 그래야만 나는 그를 미워할 수 있기 때문이다.

나는 이런 인지 부조화와 피해망상의 절묘한 합작을 때로는 지극히 정상인이라고 자처하는 사람들의 모습 속에서도 본다. 누군가를 미워하고 그도 나를 미워할 것이라는 단정하는 것은 자신의 속마음을 제대로 바라보지 않는 심리에서 비롯된다.

특히 상대가 나에게 중요한 가족이나 가까운 지인이라면 '미워하지 말아야 한다'는 죄책감으로 더욱 자신의 문제를 외면하려 한다. "내가 미워하거나 미움받기 전에 내가 먼저 잘 맞춰야 하지 않을까"라는 생각을 하며 남들에게 '보이는' 가상의 나를 만들기도 한다.

그러다 보면 나를 있는 그대로 보지 못하고 자신이 만들어낸 '남들의 생각과 감정'이라는 가상의 틀에 집중하게 된다. 이 틀 안에서 내 불안과 염려, 걱정, 열등감, 단점 등을 집어넣고 풀무질을 하듯 생각과 감정을 불어넣는다.

내 경험으로는 이른바 어른들이 권장하고 선호하는 '착하고 예민하며, 순한 아이'일수록 이런 함정에 빠질 가능성이 크다. 어른들 역시 아이가 착한 행동을 하면 그저 착하다 착하다고 칭찬할 뿐이다. 아이가 왜 그런 행동을 하는지는 깊게 생각하려 하지 않는다.

감정의 안테나가 아주 뛰어난 사람들일수록 예민하고 고지식하며 양심이 곧지만 타협심이 약하다.

예민하지만 정 많고 착한 아이들이 스트레스 해소법이 없다면 겉으로는 멀쩡해 보여도 속으로는 취약할 가능성이 높다. 세심하고 친절한 이들이 마음의 상처가 깊어지면 감정 조절을 못 하고 과격하고 본능에 집착하게 된다.

아이들 스스로가 자신이 분재가 되어야 한다고 생각해 몸에 철사를 걸어 매기도 한다. 이를 예민하게 바라보고 병적인 집착을 끊어 내줘야 하는 것은 어른의 책무라고 생각한다. 아이들이 때를 놓치고 마음의 질병으로 병들어가면 인격적으로 어려움을 겪게 된다. 내가 그러한 경우에 속했다. 여러 일화가 있지만 대표적으로 이런 일이 있었다.

10세 이후 아버지의 사업이 부도로 집안 분위기는 전쟁터 같았고 나에게는 하루하루가 불안과 긴장의 연속이었다. 부모님이 얼마나 다투느냐에 따라서 그날 가정의 분위기가 완전히 달라졌다. 나는 점차 기가 죽고 눈치를 보는 소심한 아이가 되어갔다.

어느 날은 학교에서 돌아온 후 고등학교 친구들과 만날 약속을 잡았다. 서로 다른 곳에 살고 있어서 가끔 연락을 하며 근근이 만났던 친구들이었다. 그때 나는 횡단보도에서 친구를 기다리고 있었다. 그런데 누군가가 나에게 달려오고 있었다. 나는 그들이 나를 향해 공격해 오는 깡패들로 생각하고 횡단보도에서 미친 듯이 도망쳐서 곧장 집으로 와버렸다. 알고 보니 나를 향해 달려온 두 사람은 내가 기다리고 있던 친구들이었다. 황당하고 부끄러웠다.

당시 나는 질병의 고통으로 두려움에 갇혀있었고 쉽게 불안감과 혼란을 경험했다. 사소한 일에도 피해망상에 가까운 생각에서 벗어나지 못하고 있었던 것이다. 지금 생각하면 저절로 웃음이 나오지만 당시에는 작은 일에도 죽을 것 같은 두려움과 공포를 체험해야 했다.

공포는 좋은 도구가 될 수 있다

공포란 무엇이며 어디에서 오는 걸까? 공포란 단순히 우리들을 겁에 질리게 하고 움츠러들어서 아무것도 하지 못하게 겁쟁이로 만드는 감정일까.

당신이 인적이 드문 숲속에서 홀로 헤매고 있다고 생각해보자. 무작정 숲길을 걷던 당신은 뭔가가 바스락대는 소리를 듣는다. 뱀일 수도 있고 늑대일 수도 있다. 이때 당신의 손에 들려 있는 것이 산악용 지팡이 하나가 전부라면? 이 순간 우리는 공포심을 온몸으로 느끼며 상대의 관심을 끌지 않도록 발걸음을 멈추고 숨을 죽이며, 상황을 파악하기 위해 귀를 예민하게 곤두세울 것이다. 여차하면 지팡이를 무기로 쓰기 위해 손에도 힘을 줄 것이다.

공포는 당신에게 '죽음'이라는 예측 불가능한 세계가 가까이 왔다는 사실을 알려주는 경고등이다. 당신이 살아온 과정과 결과에 상관없이 언제든 너무나 갑작스러운, 불합리한 죽음이 도사리고 있다는 점을 일깨워준다. 당신의 몸은 공포를 통해 빠르게 최소한의 대처를 할 수 있게 된다.

공포는 사랑에도 나름의 역할을 한다. 상대방이 당신을 사랑하지 않을 것이라는 공포, 당신을 버릴 것이라는 공포. 이 공포는 당신이 사랑이라는 예측 불가능의 세계로 들어왔다는 사실을 알려주는 경고등이다. 당신은 공포에 사로잡혀 사랑을 포기하고 도망칠 수도 있다. 반면 미래에 대한 막연한 두려움을 이겨 내고 사랑을 얻기 위해 용기를 낼 수도 있다. 사랑이라는 공포에 직면하는 순간 당신이 어떤 선택을 하는가가 곧 당신의 본모습이라고 할 수도 있다.

하지만 현대인들은 공포의 실체에 대해 거의 생각하지 않는다. 가장 큰 이유는 우리 사회가 만들어내는 스트레스 때문일 것이다. 경쟁 사회, 돈벌이와 취업, 입시 스트레스 등은 우리의 에너지를 소모적인 곳으로 이끈다. 무엇이 공포스러운지 생각할 여유조차 없다. 이런 현실이야말로 더욱 공포스럽다.

반면 원시인들은 서로의 공포를 이해하고 위로하려 했다. 원시 공동체에서는 한 명이 공포에 질려 도망치거나 돌발적인 행동을 할 경우 집단의 생존에 심각한 영향을 미치고, 심하면 모두가 죽을 수도 있었기 때문이다. 공포는 사람과 사람을 모이게했다. 모여든 원시인들은 '모닥불' 앞에 앉아 '대화'로 서로의 공포를 이해하고 감정을 누그러뜨릴 수 있었다. 오늘날 이를 대체한 것은 컴퓨터와 스마트폰이다. 현대인들은 '스크린의 불빛' 앞에 앉아 '채팅'을 한다.

간단히 말하자면 현실도피이고 자기 위로다. 자기 위로에는 한계가 있다. 제 손으로 제 몸을 껴안으려고 해봤자 그 손은 절대로 등 뒤에서 완벽하게 맞붙지 못한다.

마음이라는 이름의 다세대 주택

인간의 마음은 생각, 감정, 의지라는 세 가구가 살아가고 있는 다세대 주택과 같다. 실제로 우리의 뇌는 3층의 구조로 이루어져 있어서 1층에는 본능과 의지와 행동, 2층에는 감정, 3층에 이성적 판단력과 도덕심이 살고 있다고 할 수 있다.

인간은 해석의 동물이다. 인간 만사를 자신이 가지고 있는 가치와 의미의 방향성으로 해석한다. 그리고 이 해석은 자기 자신한테도 적용된다.

우리는 삶을 살아가며 '나는 누구인가? 나는 무엇을 원하는가? 내 인생의 목적은 무엇인가?' 이런 내용의 질문을 끝없이 반복한다. 원하든 원치 않든 늘 변해가고 있는 스스로를 해석하고 인식하기 위해서다.

하지만 종종 우리는 현실을 직시하려 하기보다 스스로를 과대 포장하려 한다. 자신을 인정하고 스스로 발전하려 하기보다 다른 사람의 도움을 받아 다른 존재가 되고 싶어 한다. 특히 여성 독자들을 노린 상당수의 연애 판타지 소설 속에서 남자가 대기업 회장 아들이거나 재벌 3세인 것은 이런 이유 때문이다. 그것이 현실이 아니라는 것은 이런 소설들을 즐겨보는 사람들도 잘 알고 있다.

하지만 작은 균열이 큰 둑을 무너트리듯 이런 환상에 중독되면 될수록 자존감은 떨어지기 마련이다.

여러분들은 자존감의 밑바닥을 찍어 본 적이 있는가. 나는 그것이 어떤 느낌인지 잘 알고 있다. 자존감이 바닥을 찍으면 정신적인 공황과 함께 어린아이로 퇴행을 경험한다. 중독은 이런 과정을 가속화하고 고착화한다. 상처를 입더라도 세상의 파도와 맞서 싸우기보다는 파도가 괴로우니 자신의 몸과 정신을 왜곡하거나 파괴함으로써 스스로를 부유물로 만들어 버린다.

세상살이가 호락하지 않는 것은 보통 사람이나 정신질환 환자나 마찬가지다. 삶은 수많은 선택의 연속이다. 당신이 스스로 선택하지 않으면 남들이 당신의 인생을 선택할 것이다. 선택에 대한 책임과 이를 수용하는 자세로 적극적이고 긍정적인 인생을 살아가야 한다.

정상과 비정상의 차이

정상과 비정상의 기준은 무엇일까, 얼마나 달라야 비정상일까. 정신질환을 정상과 비정상의 차이로 보는 것은 매우 큰 문제다.

사실 누구나 비정상적인 부분을 가지고 있다. 최근 많은 관심을 받고 있는 1인 방송 진행자들을 볼 때면 정말 정신이 나간 것처럼 행동하는 경우를 종종 볼 수 있다. 그렇게 행동하다가도 갑자기 정상적 사람처럼 한순간에 돌변하기도 한다.

'정상적'이라고 부르는 우리의 모습들은 사실 우리가 가진 의식에서 아주 작은 부분에 불과할 뿐이다. 다만 상식과 보편성을 가지고 사회에서 적절히 기능하는 사람으로 살아가는 것은 필요하다. 사람은 관계 속에서 성장하고 사람을 통해서 만들어진다. 배려심을 가지고 정직과 겸손을 실천하는 인생은 곧 사회적인 삶을 영위한다는 것을 의미할 것이다.

정신질환의 투병 과정에서 피치 못하게 겪게 되는 반복적인 사회 적응 실패와 아직도 냉담한 사회적 편견으로 심리적 좌절을 겪는 경우가 많다. 자신의 노력에도 불구하고 건강한 사회구성원으로 같이 살아가기 힘들 수도 있다.

그러나 보통이라고 하는 삶을 살아가기 위해서도 누구나 많은 실패를 겪게 된다. 우울과 낙심과 절망을 경험한 사람은 진정한 기쁨과 즐거움과 희망이 무엇인지 알 수 있다.

괴롭고 힘든 마음을 인내해 낼 때 비로소 인생의 단순한 섭리를 깨닫는다. 그리고 작은 것 하나에 감사하고 만족하며 누릴 수 있게 된다.

가진 것이 없고 재산과 명예와 지위와 권력이 없는 자일지라도 자신의 삶에 대해서 자족할 수 있고 기쁨과 즐거움을 느낄 수 있는 것은 고통의 시간을 견뎌냈기 때문이다.

정신질환에 대해 수치스럽게 생각하거나 자기를 함부로 생각하지 않기를 바란다. 자기에 대한 마음가짐와 태도가 그 사람의 가치를 좌우하기 때문이다.

저마다 자기 영혼의 모습대로 한 송이 한 송이 꽃처럼 피어날 때 그 속에서 우리는 우주의 완전함을 보고 인생의 진리를 엿볼 수 있다.

3장

흔들리는 나무는
더 깊이 뿌리를 내린다

내가 서있을 수 있는 자리

나는 정신질환자로서 세상의 편견에 묻히지 않고 살아가야 한다는 생각으로 평범한 사람들이 하는 일들에 도전했다.

그 첫 번째 도전은 운전면허였다. 하지만 접수란에 정신질환 이력에 대한 기재를 체크하지 않아 나중에 그것이 면허 박탈로 이어졌다. 세 번의 정신건강의학과 입원으로 군 면제를 받은 내용이 경찰청에서도 조회가 가능했던 것이다. 필기와 실기를 모두 통과하고 면허증을 받으러 가던 날 서류가 잘못되었다며 결국 면허증이 취소되었다는 이야기를 듣게 됐다. 부끄러운 일이었다. 솔직히 썼다면 이런 황당한 일을 겪지 않았을 것이다. 필기부터 실기까지 처음부터 다시 봐야 한다고 했다. 억울함도 있었지만 세상의 규칙과 법을 따르는 것이 중요함을 배웠다. 무지함을 버려야 고생을 덜 한다는 것도.

두 번째 도전은 취업이었다. 22세 겨울에 국립서울병원 폐쇄병동을 퇴원하고 외래 진료를 다니면서 용돈을 벌기 위해 근처에 있는 찻집에서 일을 했다. 많이 서툴고 부족해서 함께 일하는 형, 누나들에게 아주 사소한 것부터 배워나갔다. 2주 동안 일을 하고 주급 14만 원을 받았다. 큰돈은 아니었지만 나도 일을 할 수 있다는 보람과 자긍심이 생기는 것 같았다. 하지만 일반 직장 일을 하기에는 여전히 어려움이 많았다.

이후 나는 친척의 도움을 받아 노래방에서 직장 생활을 하게 되었다. 손님을 맞이하고 사용시간이 끝나면 방 청소와 음료수를 정리하는 일이었다. 하루 2~3시간부터 시작해서 점차 근무시간을 늘려갔다. 첫 월급은 25만 원. 일을 한다는 뿌듯함은 있었으나 행패를 부리는 손님 때문에 스트레스 요인들은 많았다. 하지만 손님이 없으면 혼자 노래를 부르며 기분을 풀기도 했다. 노래 부르기는 좋은 스트레스 해소법이었다.

일은 나를 알아가는 과정이기도 했다. 일을 통해 내가 주변에 대한 인식을 잘하지 못한다는 것도 알게 됐다. 한 번은 술에 만취한 손님이 복도에서 비틀거리다가 나무 화분을 잡고 넘어진 일이 있었다. 나는 사람을 붙잡지 않고 화분을 먼저 붙잡았다. 제법 비싼 화분이었던 것이다. 어쨌든 사장님인 이모부께 조언을 들었다.

노래방이 쉬는 2주에 1번씩 등산도 다녔다. 늘 혼자 정상까지 올랐다. 도봉산, 북한산, 불암산, 수락산, 인왕산, 청계산, 관악산 서울의 산이라는 산은 정말 많이 찾아다녔다.
직장생활에서 받게 된 심리적 상처와 스트레스는 정신건강의학과 의사와 심리치료를 하면서 대처해 나갔다. 재발 증상이 나타나면 가능한 빨리 병원에 가서 솔직하게 내 증상을 주치의에게 이야기하며 외래치료를 받았다. 일과가 끝나면 다 풀리지 않는 마음의 갈등과 부정적인 에너지를 운동으로 어느 정도 해소할 수 있었다. 그렇게 일 분, 매시간, 하루 그리고 한 주의 시간을 조금씩 현실감 있게 지낼 수 있었다.

태권도 사범이 되다

20대 중반 무렵부터 취미로 태권도를 다시 시작한 것을 계기로 사범 일을 제안받아서 취미가 직업이 됐다. 아버지는 어릴 적부터 심약하고 예민했던 내게 태권도를 익혀 극복하라고 일렀다. 고등학교 무렵 태권도 2단과 유도 1단을 땄을 정도로 운동을 열심히 했다.

하지만 스무 살 무렵부터 정신이 매우 피폐해지자 운동은 거의 하지 못하고 극도로 허약해진 몸 상태로 전전긍긍했다. 그래서 건강 회복을 목적으로 태권도를 다시 시작했다. 3단을 취득하여 노원구의 시범단과 태권도 선교협회 미션 시범단 단원으로 활동했는데, 첫해 시범단 표창장도 받았고 중국 여러 곳을 다니면서 태권도 선교 활동도 했다. 자연스럽게 태권도장의 제안으로 사범까지 맡게 됐다. 관원 아이들을 가르치는 일은 무척 생소하긴 했으나 생활 방식과 마음을 가다듬는 데 도움이 됐다.

도장을 옮겨서 하계동에 위치한 태권도장 사범으로 일하게 되었다. 관원이 150명 정도인 중대형 도장이었다. 이곳에서 일하며, 태권도 4단과 정식 사범 자격증도 땄다. 도장의 승합차도 운전을 해야 해서 운전면허를 다시 취득하고 하루에 4번 이상 관원들을 태워오고 내려주는 일도 맡았다.

배움에는 끝이 없었다. 일을 하고 아이들을 가르치며 동료들을 통해 인간관계와 일 처리를 배웠다. 사실상 직장인으로서 처음으로 자리를 잡은 것이다. 태권도 사범을 하면서 그동안 큰 아쉬움으로 남아있었던 대학 공부를 하기 위해 야간 대학교에 진학했다. 나는 그동안의 경험을 바탕으로 사회복지과를 선택해 정신건강의학과 취직을 준비했다.

틈틈이 정신건강 모임에 참석하며 나와 같이 정신질환으로 고통받는 사람들과 교류했다. 내 마음의 일기장, 코리안매니아와 같은 관련 카페에서 스태프로 활동하고 정신건강회복공동체 달리다쿰과 정신재활시설과 병원 등에도 관심을 가지고 교류했다. 대한정신장애인가족협회에서 수기 우수상도 받았고 2010년에는 한국정신장애연대 카미 단체에서 간사로 활동했다.

병원 침대에 시체처럼 누워 우울한 날들을 보내던 예전의 나에게 누군가 이러한 인생이 있다고 말해 주었다면 나는 전혀 믿지 않았을 것이다.

세상의 편견에 맞서

역사적으로 볼 때 정신질환자들은 인간 취급을 못 받고 살아왔다. 중세시대에는 귀신들린 자나 마녀로 내몰려 격리와 고문, 화형 등을 당한 잔혹한 역사가 있었다. 20세기 초반에는 전기치료와 전두엽절제술이라는 끔찍한 치료 아닌 치료가 있었다. 당시 전두엽절제술을 받은 환자들은 사실상 정상적으로 판단하지 못하는 상태가 되었고 자신의 인격을 대부분 상실했다.

정신질환자들에게 희망이 생긴 것은 1951년 정신증약이 개발되면서부터였다. 병원에 갇혀 평생을 지내던 환자들이 지역사회와 가족의 일원으로 돌아가서 일상의 삶을 살아가게 만드는 첫 출발점이 된 것이다.

지금은 '정신질환은 불치병'이라는 오해가 줄어들었고 '뇌 기능의 복합적 질병'이라는 인식이 확대됐다. 하지만 아직도 정신질환에 대한 오해는 완전히 사라지지는 않았다.

보통 사람들도 현실을 얼마든지 왜곡한다. 똑같이 들은 이야기도 자기방식대로 엉뚱하게 해석하기도 한다. 하지만 보통의 사람들은 가족이나 사회 공동체 안에서 소통을 하면서 문제점을 고쳐나간다. 자신의 문제를 돌이켜보며 지금보다 더 나은 삶을 살겠다는 의지가 있다는 가정 하에 말이다. 주변 사람들에게 피해를 주고 있다는 것은 알면서도 스스로의 노력으로는 개선이 불가능하다고 여기며 그러한 노력을 하고 싶지도 않다면 정신질환자 보다 정상적이라고 할 수 있을까.

언젠가 인터넷에서 '애인과 헤어진 이유'라는 제목의 글을 본 적이 있다. 애인에게는 이상한 버릇이 있었는데, 마치 자신의 이야기를 전혀 듣고 있지 않는 것처럼 매번 대화의 맥락을 벗어나는 것이었다. 이 내용을 두 줄의 대화로 요약하자면 이러했다.

"우리 앞으로 더 만날지 진지하게 생각해보자."
"지금 지나간 고양이 봤어? 엄청 귀엽다."

나도 이런 잘못을 여러 번 저질렀다. 다른 사람의 말을 경청하고 적절한 대답을 하기보다는 내 생각과 감정을 상황에 맞지 않게 내뱉었다. 종종 상대의 말을 끊고 내가 관심 있는 이야기를 해서 혼이 나기도 했다.

젊은 날의 거의 대부분을 나의 정신문제로 고민하며 폐쇄적인 성향으로 지냈던 습성이 대인관계에서 은연중에 나온 것이었다. 나는 대인 관계가 부족한 환경에서 살아왔다. 고지식하고 경직된 모습으로 학창시절을 보냈다. 그런 부분이 나의 정서발달과 인간관계의 성장에 방해를 준 부분이 있을 것이다.

친구들이 모두 아는 세상의 상식은 내 머릿속에 없었고, 그 자리를 채운 것은 편협하고 왜곡된 사고였다. 집 문을 잠그지 않은 사이에 무단침입자가 들어와 내 집을 차지한 것이나 마찬가지였다.

어떻게 하면 내 집을, 나의 머릿속을 무단으로 점령해버린 생각과 감정을 변화시킬 수 있을까?

나는 스스로 다짐했다. 인생이란 폭풍우 속에서 춤을 추는 것과 같다고. 고통은 성장의 디딤돌이다. 마음이 무너졌다고 상심하지 말자. 회복 과정을 통해 더 나은 내가 될 수 있다.

8년 차 직장인의 삶

내 첫 직장은 수원에 있는 모 의원이었다. 환자분들을 돌보는 일을 제대로 하기 위해 약과 심리상담에 대한 공부도 했다. 그러나 현재의 병원까지 약 8년간 일을 하며 우여곡절이 많았다. 업무처리는 대체로 무난했으나 특히 인간관계에서는 여러 갈등이 있었다.

두 번째 병원에서는 새로 부임한 과장님이 자기 사람들을 여럿 데리고 오면서 이 그룹에 포함된 사람과 포함되지 않은 사람들 간에 알력 싸움이 벌어지기도 했다. 이 과정에서 그전에는 관심도 없고 신경 쓰지도 않았던 직장 내 처세술을 배우기도 했다. 하지만 가장 좋은 처세술은 자신의 일에 최선을 다해 인정을 받는 것이었다. 오직 처세술만으로 오른 사람은 반드시 그 기술에 의해 무너지는 모습을 많이 보았다.

직장에서 살아남기 위해 무엇보다 중요한 것은 자생력이 아닐까 생각한다. 지금 당장 직장을 나온다고 해도 스스로의 힘으로 생활해 나아갈 수 있을 정도의 자생력이 필요하다. 나의 경우 현재 직장에서 적응기에 갈등도 있고 뼈아픈 지적도 당하는 어려움도 있었다. 눈치가 빠르지 못하고 상황 판단력이 부족해서 어려움도 많았으나 부지런하고 성실히 생활했고 일 처리도 깔끔하게 하려고 노력했다. 인간관계는 온

화하게 하려고 했고 상대의 입장도 한 번 더 생각해보았다. 서두르는 말과 행동의 템포는 좀 늦춰보았다.

독서는 나의 자생력을 기르는 힘이자 자원이었다. 드롭박스와 에버노트, 메모장, usb와 외장 하드에는 내가 배우고 모아놓은 자료들로 가득하다. 나는 정신건강의 충분한 전문성을 갖추기 위해 독서하기를 꾸준히 해오고 세미나와 동영상 강의도 많이 들었다.

알코올 매뉴얼을 만들어보기도 하고 교육의 질을 높이기 위해서 정신의학 공부를 게을리하지 않았으며 주변인들의 조언과 충고를 귀담아듣고 단점을 고치려고 노력하며 직장인으로 자리를 잡아갔다.

특히 내가 선택한 일이기에 즐겁게 임하려고 노력했다. 벌써 정신건강의학과 사회복지사로 8년 차가 되었다. 물론 일이 고될 때도 많다. 그러나 나를 찾는 환자들이 있고 도움을 기다리기에 나는 참 감사하다. 나에게 누군가를 돕고 섬기는 일은 행복하고 가치가 있기 때문이다.

나는 어느 때보다 현재에 충실하게 살아가며 미래를 준비하고 있다고 생각한다. 나와 같이 마음의 고통을 당하는 이들을 돕고 위로하며 함께 하는 일보다 더 가치 있는 일이 나에게 있을까? 나는 내 일을 천직으로 생각한다.

당신은 특별한 사람이 아니다

정신질환을 겪는 사람은 대체로 어릴 때부터 수줍음이 많고 몽상적이며 외톨이인 경우가 많다. 지나치게 순종적이고 의존적이어서 분리불안이 심하거나 반대로 난폭하거나 태만하며 늘 불만에 차있기도 하다.

어느 쪽이든 이런 극단적인 시선은 어떻게든 내 자신을 바라보지 않으려는 자기 부정의 노력에서 비롯된다.

조울증은 자아도취적인 성향이 강하고 기분파인 경우가 많다. 특히 양극성 장애는 조증과 망상과 환각 증상이 동반되기도 한다. 앞서 이야기했던 대로 조광증을 겪을 때 나는 황홀감을 경험했다. 이루 말할 수 없는 큰 희락과 쾌락에 취한 나는 마치 마약을 흡입한 사람 같았다.

도파민과 세로토닌의 과잉으로 인해서 생각이 끊어지지 않고 계속 이어진다. 창의적이고 새로운 생각과 감정들이 섬뜩섬뜩 떠오르고 놀라운 신세계가 열린 듯 기쁨과 쾌락에 황홀감을 경험하게 한다.

이런 자아도취는 현실의 슬픔과 고통을 일시적으로 잊게 만든다. 하지만 현실의 문제는 절대로 사라지지 않는다. 나는 오랜 시간 이러한 정신적 고통을 겪으며 알게 됐다. 특히 생각의 비약과 감정의 증폭은 모든 것을 자의적으로 해석하게 만든다. 정신질환을 극복하기 힘든 이유가 여기에 있다.

실의에 빠져 바닥에 쓰러진 사람에게 힘을 불어넣는 것은 간단할 수 있다. 그는 최소한 몸을 땅에 붙이고 있기 때문에 약간의 도움만으로도 다시 일어설 수 있기 때문이다.

하지만 현실의 고통을 잊기 위해 자기 스스로를 매우 특별한 사람으로 여기고 있는 환자들의 마음은 현실에 발을 디디지 않고 있다.

공중에 떠 있는 사람을 현실로 끌고 내려온다는 것은 주저앉은 사람을 일으켜 세우는 것보다 훨씬 힘들다.

나는 아주 오랫동안 마음속 허공을 날아다니다 내려온 사람이기에 아직 그곳에 있는 사람이나 이제 막 그곳으로 날아가려는 사람을 볼 때면 이런 이야기를 한다.

"당신은 특별한 사람이 아니다. 당신은 현실의 아픔을 받아들임으로써 당신을 있는 그대로 사랑할 수 있다."

고통의 시간을 지나

나는 고통의 시간을 통과해 신앙에서 의미를 찾았다. 상처 입은 치유자로서 살아가는 것이 얼마나 귀한 일인지 체감하게 되었다. 물론 상처를 드러내는 것에는 용기가 필요하다. 하지만 나의 약한 부분을 드러내는 것이 진정한 강함이라는 것을 배웠다.

회복자로 살면서 치료진으로 일하는 것을 주변에서도 우려했다. 주변 사람들까지 과거 20대 때 매우 심각한 정신질환 환자였던 내가 병원에서 치료진으로 일을 할 수 있을지 의문을 가졌던 것이다. 직장에서 과거력을 숨기고 생활하는 것이 혹여 탄로나 불이익을 당할까 봐 가슴 졸이게 했고, 심리적 중압감도 매우 컸다. 그러나 그 의심을 깨고 내 스스로를 신뢰하며 적극적으로, 긍정적으로 병원 일을 해나갔다.

다만 어려움은 있었다. 동료 간에 융화가 안 된다는 뒷이야기를 자주 전해 들었고 배려심이 부족하다는 말을 듣기도 했다. 차차 변화되어서 갔고 하고 싶은 일을 하기에 즐겁게 임하려고 노력했다. 벌써 정신건강의학과 사회복지사로 8년 차가 되었다. 나는 매일매일이 감사하다.

지금 내가 이 일을 하고 있다는 것은 작은 기적이라고 생각한다. 그것은 내가 하고 있는 일이 내가 원해서 하고 있는 일이며, 나의 일이 정말로 즐겁기 때문이다. 이는 축복이다.

기쁘게 일하면 복을 받고 삶이 즐겁다. 일이 고될 때도 있으나 나를 찾는 환자들이 있기에 나는 감사하다. 다른 누군가에게 희망이 될 수 있다는 소중한 기회를 얻었으니까.

마음의 덮개 열기

우리 모두는 약간의 정신질환을 앓으며 살아간다. 당신이 실연을 당했다고 생각해보자. 멍한 눈으로 공원 벤치에 앉아 회상을 할 수도 있고 실의에 빠져 술을 마실 수도 있다. 하지만 누군가 당신을 가리켜 정신질환자라고 부르지는 않는다. 대부분은 곧 현실로 돌아오며 다시 자신의 삶을 살아가기 때문이다.

반면 정신질환 환자는 작은 고난에도 무너지기 쉽고, 한번 정신적인 문제가 생겼을 때 다시 회복하기가 쉽지 않다. 철로 만든 배와 종이배의 차이라고 하면 좋을까.

나도 여러 차례 재발의 위기를 겪었다. 심리적인 부분과 환절기에 많은 영향을 받았다. 그리고 활동량과 스트레스에도 관련성이 있었다.

나는 기질적으로 예민하고 융통성이 없으며 지나치게 진지해서 모두가 웃는 농담을 혼자 무표정하게 받을 때가 많았다. 사람들에 대한 신뢰감이 약했고 의도와 다르게 말과 행동을 오해하고 착각하거나 왜곡하기도 했다. 그러다 버림받을까 봐 전전긍긍하며 상대방에게 매달리는 나를 발견하곤 했다. 하지만 버림받을까 봐서 먼저 버리거나 체념하는 모습도 보였다. 나르시시즘이 강해 환상적 사고에 빠지는 일도 자주 있었다. 이러한 문제점들이 회복되지 않고 쌓이다 보면 마치 분진폭발이 일어나듯, 이상 증상이 연이어 터져 나왔다. 그리고 불과 1주일 사이에 나는 완전히 다른 사람으로 변해버리곤 했다.

우리는 마음이라는 이름의 엔진으로 돌아가는 자동차다. 자동차를 정상적으로 유지하고 싶다면 가끔은 시동을 끄고 보닛을 열어 봐야하듯 우리들 역시 스스로의 마음을 들여다보고 관리해야 한다. 누군가는 말할 것이다. 우리가 보닛을 열어본들 무엇을 할 수 있냐고. 그렇지 않다. 정비 전문가들은 말한다. 살펴보는 것만으로도 많은 문제점을 파악할 수 있다고. 당신이 자신의 마음에 관심을 가지고 살피지 않는다면 마음은 통제할 수 없는 방향으로 당신을 몰고 갈 수 있다. 그리고 길가의 가로수를 들이받을 수도 있을 것이다. 운이 좋다면 말이다. 운이 나쁘다면 당신이 들이받게 되는 존재가 가로수가 아니라 횡단보도를 건너고 있는 다른 사람일 수도 있다.

나는 마음을 점검하는 과정들을 통해 지금 내 마음의 에너지가 어디로 향하고 있는지, 어떻게 소비되는지를 조금은 알수 있게 됐다. 당신은 아파한 만큼 행복할 수 있는 사람이다. 흔들려보고 괴로워하는 것은 당신이 살아있다는 증거다. 외로움에 울기도 하고 미친 듯이 소리쳐봐도 좋다. 가끔씩 마음의 덮개를 열고 점검해 보도록 하자.

4장

진정한 치유는 소통이다

관계는 회복의 힘

태권도 사범 생활을 하면서 정신건강 회복공동체인 달리다 쿰에서 봉사를 했다. 나 역시도 달리다쿰에 있던 사람으로 동병상련의 마음이 있었다.

이곳에 모인 사람들은 과거의 나처럼 사회화에 실패한 사람들, 애초에 그런 기회조차 없었던 이들이었다. 목회자와 외부 선생님들, 봉사자들은 회원들의 사회적응을 돕는 일을 했다. 일반적인 생각, 감정, 행동의 범위를 알려 주었다. 또한 심리적인 지지를 통해서 정서적인 안정감을 가지도록 해주었다. 서로가 서로의 친구가 되어 주었고 가족처럼 끈끈한 정이 있었다.

누군가에게는 이미 너무나 쉬운 일이지만 이곳에서는 공동체 의식과 대인관계의 친밀성을 쌓고 조심해야 할 말과 서로 지켜야 할 예의를 배우며 기본적인 사회성을 익혀갔다. 서로를 이해하며 배려하고 공감과 경청하는 태도를 길렀다.

정신증은 대부분 기억의 불안정과 정서적인 결핍, 사회성 결여로 어려움을 겪는 심리적인 배경들을 가지고 있다. 우리가 배워야 할 것들의 대부분은 어릴 적 가족관계와 유치원에서 배운다. 하지만 이 시기를 놓쳐 뒤늦게 인간관계의 기초를 배워야 하는 이들은 살면서 애로사항이 많다. 나이에 걸맞지 않게 생각이 어리고 철이 늦게 든다. 정서적으로 미숙한 상태로 나이만 들어간다.

그래서 공동체를 통한 사회화의 학습이 필요하다. 잘못 형성된 비합리적인 사고를 합리적 사고로 바꿔야 한다. 부족한 상식과 경험을 인간관계 속에서 배우고 익힐 필요가 있다. 그렇지 않으면 폐쇄 성향으로 인해 자신만의 세상 속에 갇히게 된다.

공동체의 힘은 구성원들 개개인의 인생을 성장시킨다. 사람은 사람을 통해서 배우고 성장한다. 잘못된 행동과 말, 부적절한 감정표현에 대해 피드백을 받으며 고쳐야 한다. 질병에 대한 정보와 대처법을 교환함으로써 사회화와 자기관리를 스스로 할 수 있는 사람이 된다.

나는 정신건강 회복공동체 달리다쿰을 26세 중후반에 접했다. 당시 그곳에 오셨던 노명근 목사님과 조 전도사님, 안 전도사님을 만나게 됐다. 귀한 멘토들이었다.

심리적으로 힘들 때마다 격려와 위로와 힘이 되었다. 답답한 내 속을 뚫어주는 시원한 냉수 같은 대화를 나눌 수 있었다. 가족과 같은 분들이 계셨기에 나는 회복과 자활의 과정을 걸을 수 있었다. 노력만으로 모든 일이 가능하리라 생각하지 않기를. 절망의 늪을 벗어나는 것은 당신의 의지와 함께 반드시 조력자의 도움이 필요하다.

가족은 힘이다

가족은 사랑하지만 동시에 미운 존재다. 너무 가까워 서로 부담을 주기 쉽고, 또 너무 멀어지면 서운하다. 가끔은 상처도 주고 때로는 상처받기도 하며 사랑하는 공동체가 곧 가족이다.

갈등과 아픔이 있으나 함께하면 가장 편안하고 좋은 사람도 가족이다. 사사건건 간섭하고 잔소리할 때는 싫지만 나를 많이 아끼기 때문이라고 이해할 수 있는 부분도 있다.
사람은 대부분 가족 안에서 사회화의 첫 경험을 체험한다. 나의 사회화는 공허함과 외로움과 열등감, 인정에 대한 욕구로 가득 찬, 이른바 애정 결핍자로 출발했다고 할 수 있다. 슬프고도 애달팠다. 늘 긴장되어 있으며 우울했고 뚜렷한 이유도 없이 불안했던 기억들이 빼곡하게 가득 차 있다.

어릴 적 학습된 이러한 불편한 기억들은 나의 인생에 커다란 걸림돌이 되었다. 누나들은 내가 부모의 사랑을 독차지했다며 나를 심하게 시샘하고 따돌리곤 했다. 초등학교 3학년 무렵 부산 광안리로 전학을 하면서 나는 동네의 불량스러운 아이들과 어울리기 시작했다. 품행이 좋지 않은 아이들과 원치 않는 싸움에 휘말리게 되고, 게임중독까지 걸렸던 것 같다. 그리고 어린 나이에 어울리지 않게 심한 우울감을 경험하기 시작했던 것 같다.

다행히 부산시 중구로 다시 이사를 가면서 차차 안정을 찾았다. 그러나 어쩌면 외로움, 쓸쓸함, 그리고 인정받고자 하는 욕구를 지닌 나의 성향은 무언가에 중독이 되기 쉬운 그런 체질을 가지고 있었다고 생각한다.

신앙심이 강한 어머니를 따라 우리 가족은 저녁마다 모두 모여 기도를 드렸다. 신앙은 다른 가정보다 우리 가족을 더 단단하게 묶어둘 수 있는 힘이 되었다.

내가 10대 후반에서 20대 초반 정신질환으로 고생할 때 가족들은 처음에는 나를 이해하지 못했지만 신앙생활로 다져진 힘으로 나의 버팀목이 되어 주었다. 가족들은 기도해 주었고 열린 마음과 솔직함으로 어려운 상황을 묵묵히 견뎌주었다. 가족 치료 교육까지 받으러 다니면서 나의 좋은 지지자가 되어주셨다. 점진적인 자기관리와 가족 사이의 의사소통 변화는 나를 조금씩 회복시켰다.

가족은 서로 소통방식을 근본부터 바꾸었다. 서로 거침없이 말하고 상처를 주는 방식에서 서로 배려하고 감정을 읽어주는 모습으로 변했다. 이를 통해 나는 정체성을 분명히 세워나갈 수 있었다. 원망과 후회 없이 오직 현재에 집중하며 작은 것에 감사하는 습관을 가지게 되었다. 가족은 동일한 유전자를 나눠 받았어도 개별적인 존재다. 기질, 성격, 심리, 정서가 다르고 서로의 의사 표현방식도 다르다. 가족 사이에만 존재하는 사랑은 아무리 망가지고 왜곡되어 있어도 그 사랑만은 순수하고 진실하다. 다만 그 사랑을 담아내는 그릇은 수없이 많다. 수단과 형식이 조화를 이루고 안정감이 있다면 서로를 존중하고 힘이 되는 가족 관계가 될 수 있다.

2011년도 미국에서 온 가족이 다시 만났을 때의 감동은 뭐라고 말로 표현할 수 없었다. 15년 만에 다시 만난 감격은 겪어보지 않았다면 느낄 수 없는 감정이었다. 아버지는 내 병원비를 벌기 위해 1995년 이후 경상도 사천에서 3년 이상을 어렵게 일했고 어머니는 가사도우미 일을 했다. 작은누나와 여동생도 가정의 위기와 경제적인 어려움을 견뎌주었다.

정신질환은 개인의 병이면서 동시에 가족이 같이 고통에 참여하는 일종의 가족 병이다. 가족체계의 병든 경계선을 침범하여 들어오는 수상한 힘을 빠르고 정확하게 탐지할 수 있어야 한다. 또한 각자 독립된 인격체로 인내와 용기와 결단력도 있어야 한다. 항상 격려하고 구체적으로 칭찬하며 사랑한다, 너를 믿는다고 말해주고 안아주며 토닥이며 살아야 한다. 나는 변화된 가족으로 인해 마음의 안정을 되찾고 회복되어가기 시작했다. 가족의 배려가 없었다면 나는 병원생활을 아직도 전전하는 회복 불능의 만성 환자가 되었을 것이다.

가족의 변화는 환자를 안정화시키고 스스로 할 수 있는 일을 찾아서 하게 만든다. 회복의 과정을 착실하게 밟아가며 금주와 금연을 하고 적절한 약물 사용으로 과도한 스트레스를 관리한다면 누구라도 회복의 길을 갈 수 있다고 나는 믿는다.

나도 결혼을 할 수 있을까

정신적인 병이 있는 사람들은 일반인들보다 더 결혼에 집착하는 경향이 있다. 하지만 집착이 생기면 자신의 마음을 제대로 컨트롤할 수 없듯, 상대보다 자기감정에만 충실하면 제대로 사귈 수 없고, 결혼에 집착하면 오히려 제대로 된 결혼상대를 만나기 힘들다는 것이 내 생각이다.

특히 정신적인 병으로 기분이 들뜬 상태에서는 도파민이 폭발하면서 그 사람에게 몰입을 하기 쉽다. 정신이 불안한 상태에서 누군가를 좋아하게 되면 감정이 증폭되고 조절이 안되어 불면증과 조울증이 따라올 수 있다. 생각이 앞서가고 지레짐작하면서 실제 관계를 마음대로 해석해버린다. 마음이 조급해하고 성급해져서 상대에게 올인을 하면서 상태가 안 좋아져 입원까지 하게 되는 경우를 많이 봐왔다.

간단히 말하면 '이 여자가 아니면 살 수 없어.'가 아니라 '이 여자가 없이도 살아갈 수 있어. 하지만 이 여자와 있으면 더 행복해.'라고 느낄 수 있어야 한다. 홀로서기가 전제되어야만 건강한 사랑을 할 수 있다. 그렇지 못하면 그 관계는 집착으로 쉽게 변질된다. 이것이 내가 11년 동안 결혼생활을 하며 이혼소송까지 겪어본 나의 결론이다.

나는 정신질환이라는 장벽 때문에 사랑과 결혼에 대한 불안감, 두려움, 의심과 불신이 있었지만 20대 병원 퇴원 후 재활과정에서 좋아하는 여자를 만나서 사랑을 하게 되었다. 그러나 미숙한 사랑은 오히려 내 정신증을 재발시켰고 입원의 원인이 되었다. 약을 증량해서 복용하며 데이트를 했다가 감정변화가 심하게 널뛰는 바람에 도망치듯 헤어진 적도 있었다. 여러 시행착오를 거치면서 29세 무렵 나 자신을 잃지 않고 이성을 만나게 될 수 있는 기회를 얻게 되었다. 결혼을 한 것은 30세 무렵이었다.

나는 정신증이 있었으나 결혼을 할 수 있다고 믿었고 그렇게 하기 위해 보다 일반적이고 상식적인 관계를 추구하려고 했다. 심각한 비정상을 경험해본 인생이기에 정상적인 삶을 객관적으로 이해할 수 있는 부분이 있다고 생각했다. 태권도 사범 일을 하며 현실 감각을 키우던 중에 전처를 만난 것도 다행이었다.

뒤늦게 깨달은 것이지만 결혼은 사랑의 결실이라기보다 사랑의 시작이었다. 만남은 인연이었지만 관계는 엄청난 노력이 따라야 했다. 나의 고집과 이기심과 욕심을 내려놓는 일, 서로가 다름을 알아가는 과정은 모두 쉽지 않은 노력을 필요로 했다. 하지만 이런 노력과 상관없이 나의 마음에 꼭 맞는 사람을 만날 수는 없다는 것을 느끼게 됐다. 수많은 사람마다 각자 개성이 있고 마음에 안 드는 점이 더 많다는 것을 수용해야 했다.

서로 힘겨루기를 하며 상대방을 내 방식대로 바꾸려는 것은 너무나 어리석은 일이었다. 많은 시간과 에너지를 소모하고 불행을 자초한다. 나는 결혼 생활을 통해 세상에서 가장 어려운 일이 남을 바꾸는 일이고, 가장 쉬운 일은 스스로를 조금씩 바꾸고 다듬어가는 일이지 않을까 생각을 하게 됐다.

배우자는 말 그대로 서로 배우는 사람이라는 뜻도 될 수 있을 것이다. 나의 욕구와 욕망만 추구한다면 불행하고 이기적인 만남이 된다. 그런 관계는 신뢰할 수 없으며 감정의 균형이 깨어져서 오래갈 수 없다.

고백하건대 나는 자신의 욕구와 욕망과 본능에 충실한 이기적인 사람이었다. 배려심이 부족했고 하고 싶은 것은 다 해야만 했다. 나의 욕심으로 인해 결혼 생활 동안 갈등을 빚었다. 자상함과 친절함이 나의 장점이었으나 결혼하니 잔소리가 늘고 내 방식대로 사랑을 하며 상대의 생각을 해석했다. 그동안 남에게 봉사를 잘하고 섬기는 일도 해왔지만 돌이켜보면 가정에서는 인격이 부족했고 자기중심적 생각으로 상대방을 힘들게 한 것 같다.

이 갈등에는 전처의 우울증 문제도 한몫했다. 그녀는 우울증 때문에 일을 거의 하지 못했다. 나는 결혼생활 동안 쉬지 않고 일을 했기에 몸은 항상 피곤했고 에너지는 소진되어갔다. 그럴 때 전처의 우울하고 힘든 얘기를 매일 듣는 것이 나를 더욱 극도로 지치게 만들었다. 나는 내가 노력하는 만큼 내 가치를 인정받고 싶었다. 그러나 전처는 우울증으로 인해 활동성이 적었다. 나는 아내에게 힘을 북돋우려 했지만 돌아오는 건 비난의 화살이었다. 나의 적극성과 긍정성이 오히려 그녀를 힘들게 한 것이다.

전처는 물질적인 욕구가 높은 사람이었으나 나는 종교적인 생활을 하는 사람이었다. 그녀는 삶의 낙이 별로 없었고 나는 하고 싶은 것이 너무 많은 사람이었다. 정신건강의학과 공부를 하기 위해 대학교에 들어갔다. 신학과 사회복지를 공부하고 관련 자격증도 여러 개를 따며 준비했다. 전처에게도 자격증 취득을 권하고 대학교도 함께 다녔으나 오래가지 못했다. 요가 같은 취미활동을 시도해 봤지만 의욕이 부족한 전처는 곧 포기했고 결국 나 혼자 다녀야 했다. 점차 우울하고 무기력한 전처와 사는 것이 괴로워졌다. 부부 상담을 1년간 받았지만 회복되지 않았다. 2015년도 미국 여행이 사실상 이별 여행이 되었다.

나는 기다리고 지켜보는 능력이 아주 약했고 이는 나와 아내의 관계에 휘발유를 뿌리는 격이었다. 결혼생활 동안 그녀에게 최선을 다했다고 생각했지만 결혼의 파국을 그녀 탓으로 돌렸다. 그러나 시간이 지나고 보니 내 잘못도 그만큼 있었다는 것을 알게 됐다. 나는 살아온 11년간의 세월을 회상하며 교회에 가서 하염없는 눈물을 흘렸다. 그리고 정신적 어려움으로 개인 상담도 1년간 더 받았다.

기도를 통해 나의 삶에 대해 돌이켜봤다. 처음에는 속이 시원했으나 전처에게 잘해주지 못한 것들이 떠올랐다. 버럭 화를 내고 소리를 지르며 상처를 주는 말들을 했던 기억, 내가 좀 더 잘해주지 못한 행동들이 떠오르면서 내 잘못을 돌이켜보게 되었다. 나의 강퍅함과 이기심을 느꼈고 내 이성관을 조금이나마 객관적으로 바라볼 수 있었다. 친절하고 자상한 내 가면 안에는 모질고 냉정하며, 칼같이 날카로운 마음이 있다는 것도 알게 됐다.

고백의 힘

감출수록 커지는 게 질병이고 그중에서도 대표적인 것이 정신질환이다. 정신질환이 마치 가족의 수치와 죄악인 것처럼 환자를 숨기지만 결국 감추는 것은 언젠가 드러나게 된다. 동서양 문화권 어디나 정신질환에 대한 편견이 있지만 특히 동양권에서는 더욱 심하여, 환자들 자신마저 세상의 편견이 두려워 증상을 숨기고, 터부시하며 병을 키우곤 한다. 치료만 잘 하면 곧 회복되어 일반인에 못지않게 사회의 일원이 될 수 있는 사람들이 병원의 패쇄 병동에 격리되고 은밀한 기도원이나 지하실, 골방에 감금되며 사회와 가족으로부터 버림받아 인권마저 유린되는 경우를 나는 적지 않게 보아왔다.

정신질환은 자신이 병이 들었다는 사실 자체를 차차 잊어버리는, 즉 현실감을 상실하는 병이기도 하다. 브레이크가 망가진 자동차와 같기에 현실감을 잃게 된다면 자신의 의도와 상관없이 위험한 사건 사고도 일어날 수 있다. 병원치료도 안 받고 약도 안 먹는 환자들은 위험에 그대로 노출되어 있는 것이다.

이러한 정신질환을 치료하기 위해서는 자신의 모든 것을 돌아봐야 한다. 이 과정을 겪지 않으면 다른 자아가 되어서 돌진하는 시한폭탄이 되어갈 수 있다. 가족도 환자의 변화를 항상 점검해야 하며 병원치료와 약물관리 그리고 스트레스 관리에도 관심이 필요하다. 그러기 위해서는 먼저 환자와 가족 모두 정신질환에 대한 지식이 있어야 한다. 관리와 회복, 치료법에 대한 책과 영상을 보며 가족들과 소통하고 주치의와 자주 상의하는 것, 인터넷 카페와 SNS 등을 통해 동병상련의 아픔이 있는 사람들과의 온오프라인 모임을 갖는 것도 좋은 방법이라고 할 수 있다.

병은 미리 예방하는 것이 최선이다. 때문에 미리미리 평소에 자신과 병에 대한 이해를 하기 위해 노력해야 한다. 자신의 기질과 성격, 현재 정서 등을 파악해서 사회 활동에서 겪는 인간관계에 대해 그 결과를 예측하며 감정관리와 분노를 조절하면 원만한 대인관계를 유지하는 데 큰 도움이 된다.

병은 숨긴다고 결코 낫지 않는다. 사회적인 낙인과 편견이 두렵고 때로는 직장에서 불이익을 받을까 불안할 수는 있겠지만 피할 수 없는 일이라면 이를 현명하게 대처해 나가는 지혜가 필요하다. 가족과 종교단체, 동병상련의 집단에서 과감하게 자신을 오픈할 수도 있다. 그러나 직장에서 자신의 감정을 조절하고 능력을 발휘하는 훈련이 먼저 필요할 수 있다. 기본적인 자기관리가 되는 상황까지 몸을 회복했다면 일반적인 사회인으로 일하는 것을 적극 권유한다. 사회를 배워가는 과정이라 생각하고 쉬지 않고 일을 찾아서 해보길 바란다. 내 경험으로는 하루하루의 일과야말로 재활의 꽃이자 회복의 결실이었다.

일은 종합예술이다

즐겁게 일하면 능률은 오르고 행복해진다. 웃을 일이 없다가도 환자분들의 순수한 미소와 꾸밈없는 모습에 웃음이 저절로 나오고 내가 하는 일에 감사하게 된다. 이분들의 아픔과 고통을 늘 진실한 마음으로 공감하고 위로해드리고 싶다.

나는 일에 대한 업무능력을 높이기 위해 스케줄표를 작성해서 하나씩 실천하며 내일 일을 전날 미리 체크하고 외부 강사들에게 연락한다. 정신건강 복지센터와 중독관리통합지원센터 사례담당자와도 자주 연락을 하며 지역사회 인프라를 공유하고 환자분들의 센터 이용과 자활프로그램을 연계하여 독립생활과 퇴원을 돕고 있다.

출근하면 새로운 주제의 이야기들과 상황들이 날마다 펼쳐져 있다. 해결의 실마리를 풀어가고 상황과 원인을 분석하며 환자분들의 마음도 헤아려본다. 인간행동과 사회환경 그리고 심리적인 부분과 증상, 스트레스 등을 살펴보아서 환자를 도울 부분을 치료자 회의에서 결정하고 상담이 필요하면 상담을 진행한다.

의사는 약물을 조절하고 간호과에서는 지시대로 투약한다. 사회복지사인 나는 교육을 위임받아 알코올 교육, 정신 건강

교육, 정서 관리, 스트레스 관리와 운동요법, 음악감상 등을 진행하며 환자분들의 병식과 건강 상태를 챙긴다. 정신건강 의학과는 의료진과 치료진이 한 팀으로 협력해서 환자분들에게 다각도로 도움을 드리고자 하고 있다.

나는 일이란 종합예술이라고 생각한다. 거의 대부분의 예술이 노력만큼의 보상이 따라오지는 못하듯, 내가 하고 있는 일 역시 보상이 충분하다고 느끼지는 못하다. 그러나 다른 직업과 비교할 수 없을 만큼 보람되고 가치 있다고 느낀다. 하나의 예술작품을 만들기 위해 작가는 캔버스 위에, 원고지 위에서 무수히 많은 선택을 한다. 다른 직업들 역시 크고 작은 선택들로 큰 그림을 만들어가는 과정일 것이다.

나는 나에게 주어진 일이 있음에 감사드리고 누군가를 도울 수 있는 일을 하는 것이 기쁘고 행복하다. 일을 하며 오해를 받기도 하고 좋은 일을 하고도 오히려 뒤통수를 맞는 경우도 있다. 때로는 거친 욕을 듣기도 한다. 하지만 내 일의 모든 과정이 남을 돕고 섬기는 일이라고 생각하기에 무엇보다 의미와 가치가 있다고 느끼고 있다. 축복받은 일이라고 자부한다.

춤과 운동을 통한 내면세계의 치유

흔히 건강을 잃으면 모든 것을 잃는다는 말이 있다. 그런 관점에서 본다면 나는 모든 것을 잃어본 사람이라고 할 수 있다.

나는 몸의 건강을 완전히 잃어 보기도 하고 정신까지 완전히 무너졌던 과거가 있었기에 내 몸과 마음을 스스로 챙기기 위해 최선을 다한다.

내가 꾸준히 점검하는 대표적인 것으로 '5점 척도 기분표'가 있다. 현재 기분을 아주 불쾌, 불쾌, 보통, 좋음, 아주 좋음으로 체크한다. 스트레스 강도와 생각과 감정의 변화를 스스로 파악하는 것이다. 증상이나 약의 부작용도 점검한다.

이와 함께 내가 심리적인 활력을 얻었던 것이 춤이다. 뇌 건강의 핵심은 마음이 편안하고 즐거운 상태를 유지하면서 건강하고 유익한 음식을 먹는 것이다. 그에 더해서 몸에 맞는 운동을 하는 것이다. 어릴 적 내가 흥과 끼가 꽤나 많았던지 아버지가 집 안방에 미러등과 사이키 조명을 설치해 주기도 했다. 팝송과 댄스곡을 틀고 신나게 춤을 추며 나는 행복하고 즐거웠다.

춤은 내 나이 41세에 찾아온 이혼의 아픔과 무력감을 조금은 잊게 해주었다. 헬스클럽에서 진행하는 줌바로 시작을 했다가 살사를 배우게 되었다. 춤으로 긍정적인 에너지를 얻는 동안 늘 신나고 즐거웠다. 내 안에 있는 끼와 흥을 아낌없이 발산할 수 있게 해 주었다.

처음에는 낯가림이 없어서 모든 살세라(살사를 추는 여자)들에게 홀딩을 신청하곤 했다. 지금 생각해보면 참 얼굴이 두껍고 눈치가 없는 행동이었다.

둘이 추게 되는 커플 댄스는 상대방에 대한 배려가 기본이다. 춤 세계에서도 블랙(black)이나 그레이(grey)가 있다는 걸 처음 알게 됐다. 쉽게 말해 블랙이나 그레이는 전혀 춤 상대를 배려하지 않는 사람들이다. 나는 커플 댄스를 배우며 상대방에게 맞추고 배려하는 마음과 자세를 배우게 되었다.

그리고 혼자를 넘어 함께 즐거워하는 것이 아주 중요함을 알게 되었다. 커플 댄스는 서로에 대한 양보와 배려와 그리고 생생한 교감을 배울 수 있는 경험이기에 정말 좋은 취미였다. 게다가 줌바와 살사를 했던 3년 사이에 15kg을 줄일 수 있었다. 과거 내 전성기 모습과 체력을 회복하는 기분이었다.

춤은 현실이라는 공간에서 서로 몰입하고 집중한다. 열정적인 운동, 댄스 등 취미 활동은 활력과 긍정적인 삶을 가져왔다. 그곳에는 즐거운 에너지가 있기 때문일 것이다.

기분이란 내 마음의 상태를 알려주는 온도계

정신적으로 큰 고통을 받고 있다면 어떻게 지혜롭게 대처할 수 있을까. 정신의 상태가 안 좋거나 정신질환이 발발하게 되면 기분의 변화가 많아지고, 현실감각과 정신적인 힘도 약화되어 작은 스트레스에도 예민하게 반응하게 된다.

지식과 병식은 비례한다. 일차적으로 자신의 신체적인 상태를 먼저 점검하는 것이 중요하다. 잠은 잘 자는지, 밥은 잘 먹는지, 활동이 평소보다 많거나 분주해졌는지, 목소리가 평소보다 커지는지, 약을 잘 먹거나 안 먹는지 등을 점검한다.

이차적으로 정신적인 부분을 점검한다.
"내가 요즘 기분이 많이 들뜨거나 심하게 나쁜가" "주위 사람들에게 화를 잘 내며 예민해졌는가" "남이 잘 느끼지 못하는 부분을 나만의 방법으로 느끼고 알고 있는가" "사람들과의 관계에서 매번 특별한 의미를 두고 만나거나 생각하지는 않는가" "모르는 사람과 내가 연관성이 있는 것은 아닌지 계속 생각하는가" "나만이 특별한 사명을 가진 위대한 사람인가" "내일에 대한 핑크빛 환상과 특별한 계시를 가지고 있지는 않은가" 등을 생각해본다.

그리고 마지막으로 사회적인 부분을 점검한다.

"현재 건전한 취미활동 종교활동 친목활동 등의 교류 방법이 있는가" "매일 지켜야 할 일과를 만들고 조금씩이라도 해보려고 노력하는가" "여러 사람들과의 대화와 자신만의 휴식 시간을 잘 배분하고 있는가" 등을 점검해본다.

이러한 점검 사항은 현재 상태를 간단하게 알아보기 위해 나눈 것이다. 하지만 한 가지 부분이 잘 안되면 다른 부분에도 큰 영향을 끼치는 서로 떨어질 수 없는 관계라고 할 수 있다.

정신질환을 어떤 시각으로 보느냐가 따라 대처방법은 큰 차이가 있기도 하다. 주기적으로 찾아오는 병의 증상과 재발징후 그리고 급격한 상황 변화와 스트레스로 인해 찾아오는 정신질환은 뇌의 부조화로 인식하고 예방하는 것이 현명하다.

나의 경우 비합리적 사고와 부정적 사고에서 출발하여, 자기도취와 망상, 환청의 결과를 가져왔다. 그것에 대한 가장 효과적인 대처 방법은 의학적인 상식을 신뢰하며 합리적으로 대응하는 것이었다. 합리적인 사고와 신체를 잘 관리하는 것만으로도 재발의 위기를 예방하고 대처할 수 있었다.

종교적인 도움을 주고 싶다면 급성으로 재발했거나, 발병했을 때는 보다 실제적인 정신의학적 치료를 받으며, 망상과 환청 등이 가라앉으며 안정이 되었을 때 조언을 해 주는 것도 지혜이다. 왜냐하면 정신질환이 깊어졌을 때는 현실감각이 약해져서 현실을 왜곡하기에 신앙적인 조언과 영적인 느낌까지도 당사자가 잘못 해석하고 이해할 수 없는 상태로 나아갈 수 있기 때문이다. 즉, 상대방의 상태를 고려하며 조언해야 한다.

특히 사단에 대한 영적인 해석과 조언은 사람에 따라 분별해서 얘기해야 한다. 환청과 망상 같은 정신질환을 겪고 있는 당사자가 '보이지 않는 존재가 나에게 장난을 치고 속이고 있다'고 해석하게 되면 더욱 혼란에 빠질 수 있기에 주의해야 한다.

정신질환에 대한 오해 바로잡기

현대인의 복잡한 삶과 역기능적 가정구조와 극심한 경쟁적 사회 등 여러 병리적인 현상으로 인해 정신병과 각종 정신질환들로 많은 사람들이 고통당하고 있다. 한국은 2018년 현재 정신질환 경험자가 570만 명을 넘었고, 성인 10명 중 1~2명꼴로 경험하는 흔한 질환이 되었다. OECD 국가 중 질병부담 순위에서 3위를 차지하고 있으며, 세계보건기구도 21세기의 가장 큰 의료계 이슈로서 정신질환을 꼽고 있다.

정신질환에 대해 오해하는 몇 가지가 있다.

첫째, '정신질환은 유전적인 질환이다'
정신질환의 원인은 생물학적 요인과 사회적 요인, 심리적 요인이 얽혀 복합적으로 찾아온다. 예를 들면 만일 정신질환을 일으키는 원인이 생물학적 요인이 60%이고, 사회, 심리학적 인이 40%가 되면 발병할 수 있다. 생물학적 요인이 30%이고, 사회, 심리학적 요인이 50%이면 80%가 되어 심화되지 않는다. 정신적 장애는 유전병은 아니지만 유전적 경향성이 높다. 그러나 환경적인 요인과 심리적, 정신적 갈등을 오랫동안 겪으면서 생기는 복합적인 질병이기도 하다. 원인을 다각도로 생각하는 것이 필요하다.

둘째, "스스로 이겨낼 의지가 없기 때문에 정신과 약에 의존하는 것이다."

감기나 고혈압에 걸리면 약을 먹듯이, 약은 점진적으로 안정을 찾게 해주는 수단이다. 정신질환은 "뇌의 병"이고, 신경전달 물질의 불균형으로 온 것이기에 약이 필요하다. 예외적으로 통풍이나 갑상선 이상과 같은 신체적인 질병으로도 정신질환이 찾아올 수 있기에 원인을 먼저 파악하고, 적절히 치료하는 것이 중요하다.

셋째, "정신병은 낫지 않는 불치병이다."

치료결과 통계에 따르면, 우울증은 조기 발견 시 80~90%, 조울증은 70%, 조현병은 60% 이상 치료가 되고 있다. 나머지 환자들도 꾸준히 외래와 재활 치료를 받으면 회복을 보일 수 있다. 안타깝게 치료 시기를 놓친 분들이 많은 고생을 하는 것을 봐왔다. 정신질환은 "고혈압과 당뇨병과 같이 어떻게 관리했느냐?" 따라 그 예후가 크게 달라질 수 있다.

넷째, "정신질환자들은 잠재된 폭력성을 지녀서 가까이하면 위험해질 수 있다"

통계적으로 정신질환자들의 폭력사건은 일반인의 폭력사건보다 훨씬 낮다. 정신질환자는 심리적으로 불안하거나 충동성을 가지고 있어 범죄를 일으킬 가능성이 높으리라 생각하지만 범죄분석 보고서에 따르면 정신장애인의 범죄율은 정상인의 10분의 1도 못 미친다는 보고도 있다.

다섯째, "독실한 종교인은 영성의 힘으로 정신질환에 걸리지 않는다."

통계적으로 불교도와 기독교인의 정신질환 발병 비율은 비슷하다. 자신의 종교와 관계없이 각자마다 증상을 제대로 알고 치료와 회복을 하는 만큼 서로 다르며, 자신의 노력 여하에 따라 상황이 달라질 수 있다.

정신질환은 결코 만만한 병이 아니다. 한번 발병하면 적게는 몇 년에서 많게는 수십 년, 어쩌면 그 사람의 일생을 무력화시키고 가정을 무너뜨릴 수도 있다. 그러나 조기에 잘 대처해 적절한 약을 복용하고, 관리를 잘하면 충분히 회복될 수 있는 병이다.

병에 대한 예후는 치료와 예방을 어떻게 하였는가에 따라 달라진다.

1. 발병 연령이 늦을수록 예후가 좋다.
2. 얼마나 심한가? 얼마나 자주 재발하였나?
3. 치료에 잘 반응하는가?
4. 적절한 시기에 꾸준히 치료를 받았는가?

1, 2번은 어쩔 수 없는 부분이 있지만, 3, 4번은 자신이 관리하기에 따라 달라진다.

정신질환은 보통 우울증과 조울증, 조현병을 주로 일컫는다. 정신질환은 현실감각을 잃게 되는 병이므로, 발병하면 자신이 병에 걸렸는지 잘 모르게 된다. 다시 말해, 병식이 없어지는 것이다.

조울증은 기분장애로 감정의 기복이 커지는 병이고, 우울할 때는 무기력, 자살 충동 같은 증상을 겪게 되고 조증일 땐 목소리가 커짐, 잠을 안 자도 왕성한 활동, 과대망상, 확장된 자신감, 과소비 등의 증상이 오게 된다. 심하면 환청과 망상이 따라오기도 한다.

조현병은 사고장애로 양성 증상의 환청, 망상, 이상한 행동과 언어와 같은 증상이 오고 음성 증상의 게으름, 잘 씻지 않음, 무기력, 나태함 등의 증상이 찾아온다.

그렇다고 마냥 두려워할 것은 없다. 발병 전에는 반드시 징후가 있기 때문에, 그것을 발견하고 약과 신체 관리를 적절히 진행하면 예방이 가능하기 때문이다. 나는 직접 경험한 정신질환의 치료에서 약과 사회 재활의 중요함을 깨달았다.

정신적으로 극심한 어려움을 겪는 이들은 시간이 지날수록 약물의 증가와 대처하며 관리하는 데 오랜 시간이 걸리게 된다. 재발한 경우 3일 이내 약물을 증가하면 대부분 병원에 입원하지 않고 휴식하며 극복할 수 있으며 3~4주 사이에 이상한 행동과 말이 없어지게 되고 안정을 찾을 수 있게 된다.

전인적이고 신체적인 정신건강 회복

정신질환은 결코 유별나고 특이한 사람에게만 가능성 높은 것이 아니며 누구나 발병할 수 있는 질환이다. 심리적으로 예민하고 상처를 잘 받는 사람들뿐만 아니라 일반 사람들도 정신질환을 갖게 되는 경우도 많다. 그리고 나는 정신질환을 앓는 이들이 전인적인 재활을 통해 치료가 가능하다는 것을 지켜보았다.

첫째, 기본에 충실한 일상을 유지해야 한다.
일정한 수면과 식사시간의 규칙적인 생활 패턴을 찾는 것이 중요하다. 특히 일정한 수면시간은 참으로 중요하다. 잠을 잘 자야 예민해지지 않는다.

둘째, 운동으로 정신력과 체력을 길러야 한다.
정신과 육체는 유기적인 관계로 맞물려 돌아간다. 운동으로 몸을 잘 단련하면, 신체적인 힘이 고갈되었을 때 정신력을 끌어 쓰기도 하고, 반대로, 정신적인 힘이 고갈되었을 때 체력을 끌어 써서 자신을 지탱해 줄 수 있게 한다. 또한 운동은 스트레스 관리에도 큰 도움을 준다. 평소에 자신의 몸에 맞는 운동으로 생활에 활력을 주고 약의 부작용에도 잘 대처하게 된다.

셋째, 정신의학에 대한 지식과 이해는 자기의 병을 알게 되고, 적절한 대처법을 배우게 한다.

올바른 지식은 정신질환이라는 거친 파도를 헤쳐나가는 든든한 배와도 같다. 현실과 비현실의 경계에서 자신에게 속고, 계절을 타고, 기분 변화에 민감하며, 극도의 짜증과 분노 속에서도 현실감각을 유지하게 하는 가늠자가 된다.

넷째, 사람들과의 관계에서 소통이 원활한지 점검한다.

인간관계에서 오는 아픔과 자기만의 생각으로 꼭꼭 숨기고 오해해 병을 키우는 경우가 많다. 이것이 오랜 시간 마음속에 쌓일 때 답답함이나, 분노 폭발, 폭력 등의 적절치 못한 반응으로 발산되기 쉽다. 자아가 없는 사람같이 보이는 경우도 있고, 병이 깊으면 자신을 비하하는 모습이 나타나기도 한다.

정신질환을 가지고 오는 생각의 오류 몇 가지를 들면 이렇다.

1. 과잉 일반화: 한 두 가지 면을 보고, 전체적인 것으로 받아들이고 오해해 그대로 믿어 버린다.
2. 흑백논리: 최고 아니면 최악을 선택하는 완벽주의적 경향이 강하다.
3. 착각과 오해: 사실을 왜곡해서 받아들이고 판단한다.

자신을 객관적으로 관찰해서 이런 오류에 빠지지 않도록 예방하려면 평소에 복잡한 삶에서 단순한 삶으로 전환하려는 노력이 필요하다. 정신병을 겪는 이들은 너무나 필요 이상의 고민과 미래에 대해 앞서가는 생각으로 무거운 짐을 지고 살아간다.

남에게 비치는 자신의 모습에 지나치게 민감하고, 때로는 남을 너무나 배려해 자신을 희생하는 착하고 고운 마음을 지니고 있다. 그러나 평소에 상대방에게 적절히 자신의 의사를 주장하고 요구하는 용기가 필요하다. 그리고 착각과 오해를 고백하는 지혜가 필요하다. 자기만의 세계에 빠지지 않도록 가족이나 친구들과 자주 대화를 하며, 생각과 감정을 이야기하는 것이 현실 판단력에 도움을 준다.

정신질환에 도움이 되는 음식

영어로 '소울푸드'(Soul food)라는 말이 있다. 이 말은 본래 미국 요리의 일종으로, 아프리카계 미국인들의 고유한 음식 문화를 가리키는 말이다. 말하자면 '한식(Korean food)'과 같은 범주의 의미라고 할 수 있다.

하지만 '소울푸드'라는 이 단어는 일본과 한국으로 넘어 들어오며 '삶의 애환이 담긴 음식, 영혼이 담긴 음식'이라는 의미로 확장되어 사용되고 있다. 언뜻 본다면 음식과 영혼에 무슨 관련이 있다는 걸까 싶지만 제대로 된 식사를 하지 못하면 제대로 된 생각을 하지 못한다는 사실을 곱씹어보면 음식이 곧 우리의 정신과 영혼을 만든다고 해도 틀린 말은 아니다.

나는 정신질환에 도움이 되는 음식으로 오메가3, 연어, 견과류, 우유, 달걀, 바나나, 볶음귀리를 먹는다. 오메가3는 혈액 순환을 돕고 뇌혈류량을 증가시킨다.

연어에는 EPA, DHA 등 오메가-3 지방산(불포화지방산)으로 고혈압, 동맥경화, 심장병, 뇌졸중 등 혈관 질환을 예방한다.

견과류도 뇌 기능을 개선하는 불포화지방산이 70% 이상 들어있다. 또한 뇌세포에 쌓이는 노폐물을 제거하고 뇌 기능을 활성화해 기억력과 집중력을 높여준다. 노화를 막는 항산화제도 많이 들어있어 노화 방지에도 좋은 영향을 준다고 알려져 있다.

우유는 단백질이 풍부하고 세로토닌 전구물질인 트립토판이 있어 신경안정효과가 있다. 수면호르몬인 멜라토닌 호르몬을 유도해서 수면을 돕는다.

바나나는 트립토판이 많고 심리적인 안정과 기분조절에 효과적이다. 칼륨과 칼슘 등 무기질과 비타민도 들었다.

지혜로운 옛사람들은 말한다. 인간을 가장 행복하게 하는 것은 사랑하는 사람과 함께 진솔하고 편안한 대화를 나누며 식사를 하는 것이라고. 식사의 자리는 입이 열리듯 마음이 열리는 자리이며 화해의 자리이고 마음을 나누는 자리이다. 그 자리에 기쁨과 즐거움이 있다. 그리고 맛있고 건강한 음식을 함께 할 때 평온한 일상의 행복이 따른다.

5장

당신이 아파한 만큼
당신은 행복할 수 있는 사람입니다

좌절감이 내게 알려준 것들

나는 학창시절에 '남이 나를 어떻게 생각할까'하는 마음으로 타인의 시선을 지나치게 의식했고 불편함과 괴로움을 겪었다. 당시 나는 스스로를 사랑하고 편안해지는 법을 누구에게도 배우지 못했다. 후회와 원망이 쌓였고 아주 예민하고 가시 돋친 심리적 부분이 많았다. 말수는 적었고 의사 표현이 서툴렀으며 내 감정이 원치 않아도 그대로 겉으로 드러났다. 작은 지적이나 충고에도 상처를 잘 받으면서도 산만하고 행동이 과한 부분으로 인해서 집에서 혼이 많이 났다.

현실의 고통은 종교의 열망으로 보상했다. 천국을 위해 현재의 고통을 감수하겠다는 신념이 있었다. 아니 현재의 삶에 불만족스럽고 슬프고 불안하니 영원한 세계를 붙잡고 싶었던 것이었다. 이것은 신과의 영성과 관계성이 아니라 나 혼자 살겠다는 고달픈 생존본능이었다. 현실의 힘이 약하고 한계에 자주 부딪히니 영원할 것 같은 환상의 세계를 갈망한 것이다.

정신적 성장의 정체와 퇴행은 나르시시즘과 공상에 몰두하게 했고 생각을 증폭시켜 현실을 차차 잃고 환각과 망상 속으로 빠져들게 했다. 현실의 스트레스가 나를 힘들게 했고, 나는 망상으로 현실감각의 벽을 무너뜨렸다. 내 본 모습을 포기하고 신적 존재가 되는 황홀경에 계속 빠져들었다.

현실에서 풀어야 할 인생 과제를 일반적이고 상식적인 방법이 아닌 공상의 세계에서 만들고 그곳에서 상처 없는 세계를 구축하려 했다. 누구도 더 이상 나를 상처 주거나 괴롭히거나 슬프고 고통스럽게 만들지 않는 상태를 염원하고, 그 세계를 추구하니 나는 내가 아닌 환상 속에 자아가 되었다. 그러나 그 세계에 빠진 자마다 현실을 포기한 고통을 경험해야 함을 망각한다. 현실과 비현실 속에서 자아 경계가 붕괴하고 나는 사라지고 거짓 자아가 나를 속이며 자신을 기필코 파괴해간다. 자기 존재의 포기는 징벌을 당하고 대가를 치르며 현실감을 잃어간다.

자가면역질환처럼 스스로를 파괴하고 죽이는 병이 정신질환이다. 사랑받지 못하고 이해받지 못하고 인정받지 못한다는 부정적인 해석은 죽음의 늪에 빠지게 한다. 살기를 원하는가. 그렇다면 도움을 청하고 나뭇가지를 붙잡아야 한다. 그것은 치료 과정을 착실히 밟아가는 것이다.

좌절의 나락으로 떨어져 본 사람은 인생의 깊이를 배우고 실존에 직면하면서 삶의 의미와 가치를 발견할 기회를 얻게 된다. 살고 싶고 낫고 싶다는 회복 의지는 바닥을 치고 올라오는 터닝포인트가 될 수 있다. 누가 대신 내 인생을 살아주지 않는다. 내가 나의 힘이 되고 친구가 되어주고 가족과 지지자들과 손을 잡고 다시 일어나자.

정신건강의학과는 우리에게 뭘 도와줄 수 있지?

아직도 많은 사람들이 정신병원에 대한 강한 선입견을 품고 있다. 정신이 나간 미친 사람들을 모아놓은 집합소 같은 곳으로 여기고 있는 것이다.

하지만 대부분의 정신 병원은 말 그대로 치료를 하는 '병원'이지, '정신 나간 병원'이 아니다. 이곳도 사람들이 사는 곳이며 서로 간에 예의범절이 있다. 비상식적인 폭력이 난무하는 인권이 없는 곳이 결코 아니다.

병원에서 오랫동안 투병하는 환자들끼리 서로 돕듯, 이곳의 환자들도 서로 돕고 문제를 해결해 나가려 한다. 나이가 있는 환자들은 지적장애나 충동 장애가 있는 젊은 사람이 소란을 벌이면 그런 행동을 제지하고 훈계하기도 한다. 치매가 있거나 거동이 불편한 사람, 사회기능이 떨어지는 사람에게는 환자들끼리 더 이해하고 양보하는 미덕을 발휘한다. 병원 안에는 누가 시키지 않아도 조용히 자발적으로 남을 돕는 착한 사람들이 늘 존재한다.

물론 이곳에서도 밖과 같이 죄책감이 없고 양심이 없으며 과격하고 난폭한 부류가 존재한다. 대부분 성격장애 환자들로 동정심이 없고 무례하고 차갑다. 이들은 어떻게든 다른 환자들을 이용하려고 한다. 예를 들면 식사나 간식을 자신이 더 챙겨 먹거나 방에서 편안하게 지내기 위해 연약한 자의 물건을 빼앗는다. 힘을 자랑하고 자신의 영향력을 과시한다. 병동 회의 때마다 치료진의 의견에 딴죽을 걸고 자기 존재감을 과시하기도 한다. 반사회적 성격을 가지고 있어 병원에서 다루기 힘든 성격들이다.

나머지 환자는 너무 연약하지도 않고, 너무 강해서 부서지지도 않는 무난한 환자들이다. 그들은 병원의 규칙을 지키고 잘못된 자신의 행동을 수정해가기도 하는 사람들이다.

나는 반문하고 싶다. 이런 모습이 우리들이 살아가는 일반적인 사회와 무엇이 크게 다르냐고.

미디어를 통해 보았던 정신질환들

앞서 말했듯이 사회적으로 정신질환은 편견과 선입견으로 인해서 인간 취급을 못 받고 살아왔다. 정신질환자는 귀신들린 병자나 마녀로 취급받아 화형당하고 살해당했다.

20세기 초반에는 전기치료와 전두엽 절제술이라는 무서운 치료가 아닌 치료도 있었다. 대표적으로 잭 니콜슨 주연의 '뻐꾸기 둥지 위로 나아간 새'라는 영화가 있다. 반사회성 성격장애를 가진 사람이 입원하면서 비인간적인 기존 정신병원의 시스템에 저항하는 참신한 부분이 있다. 당시 실제로 전두엽 절제술을 받은 환자들은 바보가 되었고 인간의 인격을 완전히 상실했다.

레오나르도 디카프리오 주연의 영화 셔터 아일랜드는 망상증 환자의 경험과 치료 그리고 시대적 배경을 보여준다. 주인공은 과대망상증에 빠져 주치의를 동료 형사로 인식하고, 자신이 어떤 섬에서 벌어지는 기이한 음모를 밝혀내고 있다고 현실을 왜곡한다. 치료 과정에서 주인공은 자신의 사고가 왜곡되어 있음을 알게 되고 상황이 현실과 맞지 않는다는 것을 인식하게 된다.

하지만 주인공은 자신이 처한 문제가 외부 상황이 아닌 자신의 망상에 있다는 것을 깨닫게 되면서 큰 혼란에 빠진다. 현실을 있는 그대로 직면하기에는 너무나 괴로웠던 주인공은 다시 같은 방식으로 현실을 부정한 채 망상증에 빠지게 되고, 결국 전두엽 절제술을 암시하는 장면으로 영화는 종료된다.

영화 '뷰티풀 마인드'는 천재 수학자 존 내쉬의 실화를 바탕으로 조현병 환자의 삶에서 일어나는 과정을 잘 표현했다. 존 내쉬는 세계 2차대전 상황에서 징병의 두려움과 사회에서의 스트레스를 극복하지 못하고 자신이 국가기관의 암호해독 일을 하고 있다는 망상에 빠지게 된다. 그는 온갖 환청에 시달리며 혼잣말로 중얼거리고 대화를 하는 등 극심한 조현병을 겪게 된다.

증상은 점점 심해져 정신병원에 입퇴원을 반복하지만 이 과정에서도 그의 천재성으로 획기적인 경제이론을 정립하며 노년에 노벨경제학상을 받게 된다. 조현병의 잔존 증상은 여전히 남아있었지만 그는 이를 받아들이고 일상에 적응할 수 있게 되었다.

정신질환은 불치병이 아니다. 다만 우리가 겪는 모든 질병이 그렇듯 적절한 치료 시기를 놓칠수록 현실로의 복귀가 어려워지는 것이다.

넘어져도 다시 일어나려는 의지만 있다면

정신건강의학과에서는 종종 알코올중독 등 폭력적 환자들을 강박하거나 격리를 하기도 한다. 그러나 약물 조절과 규칙적인 생활을 하게 되면 알코올 환자는 길어도 1주일 안으로 금단 현상이 사라진다. 정신증 환자도 마찬가지다. 의외로 정신문제 해결 방식은 단순하다. 수면, 휴식을 비롯한 에너지 회복을 통해서 몸의 컨디션을 찾아가게 되면 정신질환 역시 빠르게 회복된다. 나는 그런 현장을 수없이 지켜볼 수 있었다.

피골이 상접해 수면과 식사를 제대로 못 한 환자가 규칙적인 생활을 하면서 빠르게 좋아지는 과정을 봐왔다. 말 그대로 잘 자고 잘 먹으면 금세 회복되는 환자들을 셀 수 없이 목격했다.

왜 그런가 생각해보니 간단히 말해 신체와 정신은 연결되어 있기 때문이다. 망가진 신체 컨디션을 회복하는 과정에서 잃어버린 몸의 건강을 되찾다 보면 좋은 생활 리듬을 갖게 된다. 그러면 운동도 하고 책을 읽고 글도 쓸 수 있게 된다. 즉, 정신 건강을 회복해 가는 가장 좋은 방법은 무엇인가를 집중해서 할 수 있는 몸과 체력을 만들고 자신에게 맞는 일을 찾는 것이다.

몸이 회복되면 컨디션도 회복되어서 정신적인 안녕을 유지할 수 있다. 에너지 충전으로 마음을 돌볼 여유가 생기게 되면 부정적인 사고를 긍정적으로 전환하게 된다. 치료 이전까지 돌보지 않았던 자기 몸과 마음을 살피게 되고 건강을 찾아간다. 원래 삶의 자리로 돌아가는 것이다. 하지만 만성환자들은 사회기능이 많이 떨어지고 재활이나 자활 의지가 부족해 퇴원이 지체된다. 자기 고집과 아집으로 치료에 회의적이고 부정적인 경우가 많다. 입원이 반복되면서 근로 능력을 상실하고 점차 병원에 의존하고 가족들과 멀어진다. 재사회화의 기회가 줄어드는 것이다.

정신증과 중독의 문제는 관계의 단절과 고립이다. 그 회복은 결국 '관계 회복'에 해답이 있다. 나도 회복 초기에는 여전히 인간관계도 모르고 자폐적이며 이기적이었다. 하지만 일을 통해 나 자신에 대해 좀 더 객관적으로 볼 수 있게 되었고, 취미생활로 다른 사람과의 관계 맺기를 차차 배워갔다. 의료진과 가족의 이야기를 경청하며 나의 잘못된 점을 조금씩 고쳐갔다.

물론 지금도 부족하고 어리숙하다. 하지만 지금의 나는 현실을 부정하지 않는다. 나는 내 병을 잘 관리하며 살아가고 있는 환자다. 약을 20년 넘게 먹다 보니 약의 성질상 공감 능력이 약화되고 이기적인 모습으로 보이게 하는 부분도 있다. 다른 사람의 감정과 상황을 이해하고 배려하는 부분도 떨어지고 내 건강에만 집중하는 모습도 있었다. 오랫동안 내 건강을 지키는 것이 내 삶의 본위가 되다 보니 배려심과 양보의 미덕이 없었고 내 위주로 살았던 것 같기도 하다. 이제는 좀 더 남을 배려하고 성숙한 모습으로 살고 싶다.

고통에는 뜻이 있다

꿈은 오직 달콤함만 주지 않는다. 꿈은 지금 당신에게는 부재하기 때문에 미래에는 그렇게 되기를 간절히 원하는 것이다. 따라서 꿈은 역설적으로 당신이 그것을 이루기 전까지 끝없는 고통을 준다. 사람들은 이 고통을 받아들이거나 혹은 거부하면서 인생의 목적과 의미를 부여하고 삶의 방향성을 찾아 나간다.

나는 질병의 고통으로 인해서 인생을 진지하게 대하게 되었고 고통의 의미와 인생의 가치를 탐구하게 되었다. 질병의 고통은 사람을 겸손하게 만들고 자기의 존재를 있는 그대로 대면하게 한다.

나는 질병이 없었다면 나에게 진정한 의미와 가치가 있는 인생이 무엇인지 알지 못했을 것이다. 일상에서 경험하는 일들 하나하나가 기적과 같은 소중한 일임을 자각할 수도 없었을 것이다. 지금 우리가 보고, 듣고, 말하고, 느끼고, 먹고, 마시고, 잠자고, 사랑하는 일이 모두 놀라운 일이라는 것을.

그러나 나는 질병 예찬론자는 아니다. 질병은 인생에서 크든 작든 피할 수 없다는 것이다. 질병은 당신의 바람과 상관없이 늘 존재할 것이며 파도처럼 계속해서 밀려올 것이다. 하지만 이에 대처하는 사람들의 모습은 늘 제각각이다. 왜 나에게 이런 질병이 왔을까. 어떤 사람은 분노할 것이다. 하지만 분노한다고 해도 질병은 사라지지 않는다.

나는 이렇게 말하고 싶다. 만약 당신이 눈에 보이지도 않는 질병에 분노할 수 있는 상황이라면 차라리 다행이라고 말이다. 당신에게 더 심한 질병이 찾아왔다면 당신은 이런 생각조차 품지 못할 것이다. 아마도 완전히 미쳐버렸거나 이미 이 세상 사람이 아닐 테니까. 나도 얼마든지 그런 존재가 될 수 있었다.

질병은 내가 사소한 이유로 타인을 용서하지 못하고 분노를 품었던 것에 대해서, 배려심이 없이 나만 생각한 것에 대해서, 가족의 수고와 사랑을 잊고 산 것에 대해서 반성하게 했다.

그리고 질병은 나를 다시 국립서울병원으로 불러들였다. 국립서울병원은 내가 96년 9월에 마지막으로 입원한 곳이다. 입원비가 비교적 적고 치료의 질도 좋은 병원을 찾아서 아버지가 수소문한 곳이었다. 나는 이 병원에 다시 들어가게 됐다. 이번에는 내가 의료진의 도움을 받기 위해서가 아니라 다른 이들을 돕는 일을 하기 위해서였다.

나는 정신질환을 내 의지로 관리할 수 있게 된 이후 봉사단체에서 활동했다. 뇌성마비복지관 봉사로 시작해서 기독교

정신 건강회복 공동체에 다니면서 그 의미를 찾을 수 있었다. 질병이 나에게 온 것은 가치 있는 일을 하고 나와 같이 아픈 이들과 함께하고 도우라는 의미로 받아들이기로 했다. 이후 약을 먹으면서 늘 기도했다. 상처 입은 치유자가 되어서 정신질환자들을 등대가 되게 해달라는 것이었다.

질병을 잘 극복하면 자신의 삶을 돌아보며 악습관을 버리게 하고 자신을 성장시킨다. 아무리 나에게 슬프고 괴로운 일이라도 그것을 배움과 교훈으로 받아들이면 약이 되고 성장의 발판이 된다. 나는 질병을 통해 봉사활동에서 인생의 가치와 의미를 재발견했다. 사람을 살리고 돕는 일보다 중요한 일은 없으리라.

6장

병상에서 회복일기

이 병상일기는 1996년 8월 국립서울병원에 입원한 후
우울증 후 망상, 환청을 동반한 조증 재발 시기에 작성한 36개의 일기다.
이 당시의 심리상태와 정신적 혼란과 공포를 느낄 수 있고,
정신질환으로 황폐화된 정신을 볼 수 있다. 진솔한 나의 일기를 통해
자아의 경계가 손상된 당시의 모습을 그대로 공개한다.

1996년 8월 어느날

내가 명하기를 꿈결에 문답법같은 퀴즈가 펼쳐졌다.
내가 미친 것이 아닌가하는 생각이 들었다.
자면서 대화하길 누군가 나에게 질문했고 대답했다.
"동생 나이가 몇살이고?" "17세다."
또 다른 질문이 던져졌다고 역시 대답했다.
"종교란 무엇인가?" "빨래하는 것."
하루에 유쾌와 불쾌의 변화가 심하다.
꿈속에서 꿈을 멋대로 해설한다. 잠 깨면 알게 되고 혼란스
럽다. 입 밖으로 혼란스런 문장들이 나온다. 자는 와중에도.
걱정이 있다면 파괴심, 이상한 꿈들과 악몽, 무기력, 불쾌감,
혼자 잘 때도 혼자 얘기한다.

1996년 9월 6일

우울한 기분, 간호학생과 대화를 했지만, 위로가 안 됨. 혼자 스트레스를 풀려함. '그대에게 줄 말은 연습이 필요하다'는 신달자 소설을 읽고 있다. 내용이 눈에 잘 안 들어오나 계속 읽자.

1996년 9월 11일

어머니 면회날
1996년 9월 12일
내 생일

1996년 9월 18일

추석축제 탈춤 공연. 12병동 참가 후 어머니와 면회.

나는 정말 병이 낫기를 바라는가? 경우에 따라 변한다. 기분이 멍해지면 아무 생각도 안 든다. 그러나 몇 자 적어본다.

왜 자살을 생각하는가? 내 현재의 생각과 비위에 거슬리면 때려 부수고 때리고 싶다. 마음에 안 드는 사람이 옆에서 내 필기하는 걸 지켜볼 때 싫고 화가 나고 분하다.

사람 성격 유형을 나누면

외향적, 리더쉽, 호감형 - 좋아하고 따름

내성적, 어리숙함, 맹함-싫어하고 시기함.

중간은 없다.

결론, 내 자신을 미워한다. 사랑하지 못한다. 모든 면에서 그래서 괴롭다. 자학하는데 숙달되어 있다.

최고가 되려는 사주팔자 타고남. 주민등록번호에서. 최고 아니면 최악이라는 생각. 귀가 못 생겨서 그렇다는 운명적 생각이 나를 괴롭힌다. 과거를 생각하고 되풀이 생각해 모든 사람, 사물에 질리어 한다. 몸이 조금 아프거나 불편하면 부동자세로 눕거나 엎드려 잔다. 회피적이고 쉽게 포기한다.

실수를 안 하려고 대단히 애를 쓴다. 실수하면 용납 못하고 땅이 꺼져 버리는 것 같아. 오금이 저리고 불안, 초조하다. 이 실수를 잘 잊지 못하며 머리 속에 새긴다. 그리곤 반복해서 씹는다. 심각하다.

1996년 9월 22일

희망이 보인다. 야호! 현실에 뛰어들어 살아갈 용기가 있다. 자아 사랑을 찾았다. 유레카. 나만을 사랑한다. 군대 재신검 받고 해병대에 지원하자. 이제 인간이 되어 간다.

나에겐 희망찬 내일이 있다. 아버지, 어머니, 큰누나, 작은누나, 여동생아! 기뻐하며 춤추어라. 조울증의 고비를 넘기었다. 물론 약은 꾸준히 먹을 수 있다. 일곱 번 넘어져도 일어서라. 화이팅!!!

현재 나는 신적 존재로 되었다. 신의 아들, 신, 용, 히포크라테스-라파엘, 미카엘 총 사령관은 악마 두목.

나는 재림했다고 믿음. 그러나 신도, 심판 대리자도 666도 아니다.

단지 조울증을 치료 중. 우울증 자살단계에서 조증 단계로 변화. 중요한 건 '나만을 사랑했다. 그것은 운명이었다.'는 생각이었다. 괴로웠던 자살충동이 덜해졌다. 기분이 좋은 상황이다. 유지되길 빌며, 독백암시 나만을 사랑했다.

사고 장애를 동반한 조울증 낫기를 바란다.

* 이 날 이후 뛸듯이 기쁜 감정은 분노로 폭발했고, 사람들에게 폭력을 행사했고, 독방에 꽁꽁 묶여서 일주일간 감금 되었다. 그 후 정신이 나가서 여러 날 동안 기억이 없다. 투약량을 엄청 올려 부작용으로 힘들었다.

1996년 9월 25일

나의 솔직한 표현은 재미있고 신난다. 놀랍고 환희, 영광. 살 맛난다. 나는 메시아다. 신이 사람으로 되어 오는 과정에 불과하다. 지금도 혹시 내가 그 메시아가 아닐까? 그러나 명심하는 건 나는 인간 그 자체다. 나만을 사랑한다. 한 인간으로서.

은근히 메시아이길 바란다. "기적이다"라며 소리 지르고 싶을 거다. 조심!!! 아직 경향이 있다. 감개무량한 일이다. 기뻐하라 OO아! 병이 낫기 시작했다. 마지막 단계: 아니다 아니다 아니다! 나는 나, 나를 사랑한다. 그리고 나을 수 있다. 지금 나는 조증이 아니다. 사탄을 처리하는 일은 하나님이 할 일이다. 망상을 꼭 구분한다. 해 낸다. 나는 인간이다. 나는 피조물이다.

1996년 10월 어느 날

불안증과 공포증으로 사람 회피가 심함.
약을 바꿔 주세요.
무서워서, 손떨림도 심함.
나의 안정을 위해.
나는 싸우는 게 무섭다.
누가 나를 때릴 것 같다.
무서워 미칠 것 같다.
고통.

사탄은 몸 속에 들어갔다 나갔다 하는 존재가 아니라 인간이
마음을 선하게 쓰면 천사요, 악하게 쓰면 악마임으로 사탄이
라고 때리거나 죽일 수 없다. 왜냐? 천사나 사탄은 인간의 모
습이기 때문이다. 내면세계의 표현이다.

1996년 10월의 또 다른 어느 날

조증을 겪을 때의 나의 인생계획은 사회에서 내가 제일 먼저
할 일은

첫째 : 교회교사
둘째 : 영어 회화, 컴퓨터 기본 배우기
셋째 : 아르바이트-여러 일하기
다다음해엔 수능 시험 후에 서울 가톨릭대 입학
수사 신부님 되기.
그리고, 통일 후 북한 선교 활동하기가 - 내 꿈!

1996년 10월 9일

나는 꽃이에요.
잎은 나비에게 주고
꿀은 솔방 벌에게 주고
향기는 바람에게 보냈어요.
그래도 난 잃은 건 하나도 없어요.
더 많은 열매로 태어날 거예요.
가을이 오면.

- 김용석의 (가을이 오면)

1996년 10월 14일

시력이 흐릿, 이중으로 보인다. 약부작용인 것 같다. 머리 윗부분으로 힘이 가해짐 - 이때 혈압도 높아짐. 머리카락까지 곤두섬을 느낌. 불쾌, 좌절감, 화가 남. 예민함.

1996년 10월 15일

나는 악마가 아니다. 아니다. 아니다.
나는 나.
나는 사랑하고 용서한다.
나는 꼭 낫는다.

주치의 김OO 선생님과 면담 함, 목요일날 사이코 드라마 할 것 약속. 조울병은 고혈압과 당뇨병 같은 하나의 병이다. 소심증을 버리고 자아사랑과 자신감을 얻는 사이코 드라마를 만들자.

1996년 10월 17일

김OO이라는 환우가 날 위해 기도해서 내가 나았다.
하나님, 감사합니다.

1996년 10월 27일

내일 면담 때 약 CPZ200㎖인가? CPZ300㎖인가? 물어보자. 내 스스로 말과 행동의 자유를 억압한다. 오금이 저린다. 주위 사람들에게 피해와 영향을 미치지 않게 하려는 것이다. 숨을 죽인다. 내 자신을 좀 사랑하자. 용기와 자신감과 배짱을 키우자.

결벽증이 있다. 배 타는 일에 큰 공포가 있어 그 일을 하는 사람이 위대하게 생각된다. 죠스, 물 공포, 고소공포, 귀신공포, 시선공포, 안면 머리공포가 있다.

사회에서 일하는 사람들이 부럽다. 나는 일을 하는 사람들이 놀랍고 신기하다. 하지만 나는 자신감이 없어 벅차고, 두려우며, 실수해 낙오 될 것 같다. 세상살이를 특이하게 빗나가게 보고 있다.

두려움 - 겁을 이기는 방법은 하나님께 대한 믿음. 사랑과 자비의 하나님! 하나님이 지켜주신다. 임마누엘!

개방병동에 가는 게 중요한 게 아니고 병 치료가 중요하다. 12병동에는 내 얘기를 다 들어주는 흉금 없는 환우들이 있다. 털어 놓고 상의할 친구만 있어도 정신질환을 정리해 극복할 수 있다.

성 바오로 출판사의 조그마한 책자 "공포심을 이기려면"을
읽고 싶다.

"적자생존의 사회에서는 강자가 되어야 살아 갈 수 있다."는
아버지의 말씀에 "나는 부드러움이 강함을 이긴다."는 말을
했으나, 속은 어떻게 하면 강자일 수 있을까? 엄청 고민했다.
부딪혀 깨지는 방법을 찾지 못하고 현실 감각을 잃고 비약한
다. 세상일이 복잡하고 어렵게 생각된다.

내가 무서워하는 것들을 이기기 위해 악마가 된다. 왜? 내가
무서워하는 것이 되면 무서울 게 없기 때문이다. 강자가 되
면 나의 모든 고민이 치료될 거라 생각했다. 그러면 완전하
고 완벽한 존재가 되며 위대해질 것이다.

1996년 10월 31일

나는 자신감도 있고, 떳떳하며 용기 있다. 내 안에 있는 것들이다. 단지 내 병을 안고 가야한다. 원수인 내 병이지만, 원수를 사랑하라는 주님의 계명 따라 살아 나가는 것이다.

1996년 11월 2일

정신적 건강과 일에서의 성공은 개인의 책임의식에 기초를 두고 있다. 인생의 작은 목표를 끊임없이 실천해 나가는 사람이라면 자신의 운명을 조절할 힘이 바로 자신에게 있다는 사실을 안다. 우리가 심은 순무에 대한 책임은 100% 우리 자신에게 있다는 사실을 그들은 인정한다. 우리에게는 스스로 우리의 운명을 컨트롤 할 능력이 있다. 외적인 사건이나 신체 기능, 감정의 반응이 모두 우리의 컨트롤 여하에 달려 있다. 즐겁게 일하는 마음의 핵심은 스스로의 선택에 달려있다는 사실을 깨닫는 것이다.

- 좋은 생각 중

인간이면 누구나 그럴 수 있는 것들이다. 나만 그런 게 아니다. 극히 정상이다. 자신이 정상이 아니라고 생각하는데서 병이 생긴다.

상대방의 반복되는 말, 행동에 짜증을 느낀다. 어리석은 상대방 말에 비웃고 무시하며 경멸한다. 상대방의 부족하고 모자란 면을 꼬집고 싫어한다. 완벽하고 철저하지 못한 상대방의 말과 행위를 혐오한다. 나 자신의 완벽하지 못한 면을 미워하지만 동시에 난 완벽한 존재인양 생각하며 느끼며 결벽증이 심하다. 토의나 토론때 사람들의 대화가 불필요하고 하찮게 느껴져 깔본다.

"왜 사람들은 필요없는 얘기들로 시간을 때울까? 말하는게
이렇게 수준이 낮을까?"
"왜 창의적이고 획기적인 얘기를 하지 못하고 상투적인 얘기
밖에 못할까?"

난 특별하고 뛰어난 얘기와 새로운 것을 추구한다. 난 내가
아주 뛰어나고 특별한 존재이고 보통 사람과는 뭔가 다른 존
재로만 생각해 이질감을 느낀다. 그러나 남이 완벽하지 못한
것처럼 나도 인간인 이상 완벽하지 못한다. 노력할 뿐이다.
그런데, 난 극히 평범한데 계속 보통 사람들과 다르다고 생
각하는 이 시각이 조금 잘못된 것 같다. 난 정상이다. 특별한
인간이 아니라. 누구나 이런 생각을 가질 수 있는데, 성자나
파괴자가 되려고 생각하지 마라. 최고가 아니니깐. 또 완벽
할 수 없으니깐.

날마다 기쁨을 발견하는 사람은 자신의 가치에 대한 인식이
강하다 그들의 자기 암시는 이렇다.
"나는 나 자신을 좋아해. 정말 좋아해. 나는 바로 나야. 내가
사는 이 세상과 나를 낳아주신 부모님께 감사해. 나는 과거
나 미래보다는 지금 이 시대를 살거야."
'즐거움은 바로 자신을 있는 그대로 인정하는 것' 나는 나인
사실에 감사한다.

- 좋은 생각 중

1996년 11월 5일

상대방이 잘못해 놓고 안 그런 척 나를 빤히 쳐다보니 한 방 먹이고 싶었다. 참고 또 참을 것이며 조심하고 또 조심하라. 참지 않고 조심하지 않으면 대수롭지 않은 작은 일도 크게 벌어질 수 있다.

1996년 11월 6일

신경과민, 자기암시 버티기에서 자유롭고 싶다.
나의 감옥에서 탈출해 세상을 받아들이고 싶다.

황금이 귀한 것이 아니라
편안하고 즐거운 것이 보다 값진 것이다.

말로 표현할 때 생각없이 말해 실수 할 때가 많다.
완벽을 추구하는 생각. 잘못됐다.

작은 화를 그때 그때 처리.
해소해서 큰 화를 면하는 것이 최선책.

1996년 11월 10일
스트레스를 풀어야 한다.
작은 화를 그 때 그 때 풀어야한다.
그래야 큰 화를 풀 수 있다.

간호사와 대화하다. 내가 말했다. "독백암시나 강박증을 고치려면? 자유와 평화를 찾으려면?" 간호사가 대답했다. "털어내고, 자신을 인정하고 감사하고, 받아들이고 긍정하는 것."

11월부터 한자쓰기를 매일 하고 있었다. 마음을 다스리려고 노력했다.

내가 말했다. "내가 건강하고 행복하게 사는 것이 부모님께 효도하는 일이다." 부모님이 말했다. "긍지와 긍정적인 생각으로 바꿀 때만이 사는 길이다."

예방이 최고이나, 내가 상처 안받고 피해 안 주며, 나를 조절하려면 병원에 입원하는 게 나은 길이다. 조울증 병세 말이다.

1996년 11월 16일

1.나는 나 : 개성, 구분
2.나를 사랑한다 : 사랑, 수용
3.나을 수 있다 : 긍정, 확신
부지런함, 성실함, 끊임없이 노력하라. 먼저 자신에게 진실
하라. 여유를 가지고 기다림을 받아들여라. 향기로운 꽃은
뒤늦게 피어나고, 이름없는 잡초는 성급히 자라난다. 경험,
정열 중요함. 부디 스스로 자신의 선생이 되어라. 끊임없이
배우라. 지식과 행동의 일치는 성공! 신중하게 선택하고 말
하라. 살아 있는 동안 인생을 즐겨라. 죽는 날까지 배워라.

1996년 11월 21일

슬픈 노래를 부르지 마세요.

마리의 정신질환 극복한 수기 읽음.

약을 평생 보약처럼.

사람의 말, 모습, 웃음, 행위에서 무의식의 세계로 빠지지 않게 깊이 파고들지 말라. 그것은 환상이기 때문이다. 현실감각, 현실을 기반으로 생활하고 현실에서 살아라.

1996년 11월 26일

질문!
1. 감정을 넣어 시를 읊던가. 노래를 부르거나 대화를 계속 하면 조증으로 갈 수 있나?
2. 디스코를 신나게 추거나 흥겹게 놀 때 기분이 뜬다. 이 때 조증의 위험성이 있는가? 자제해야 되는 것인가?
3. 운동을 힘들게 하거나 일을 열심히 하면 내 병에 지장을 주는가?

1996년 12월 20일

1996년을 보내며...
벌써 올해가 저물어간다. 한 해를 보내며 느낀 점이 많다. 올 1월 원서접수와 실기시험으로 바쁠 때, 여자친구와의 교제도 바빴다. 난 이때 한 여자를 사랑하게 되었고, 지나친 신경을 쏟았다. 그러나 실연의 쓴맛을 보았다.

시기적으로나 환경적으로 병의 요인이 되었는지 병 재발로 강제 입원 되었다. 병원에서 많은 일을 겪었고 친구도 사귀었다. 4월쯤 나는 더 나은 환경에서 치료받기 위해 경기도 이천에 있는 병원으로 옮겼다.

부산에 있을 때보다 좀 나아지기는 했으나 우울한 시기가 와 무기력하고 힘을 차릴 수 없었다. 이 병원에서는 '성격 차이'란 말을 느낄 수 있는 친구를 겪어 인간관계에 대해 배울 수 있었다. 이 병원에서도 치료 효과를 못 느껴 서울의 국립서울정신병원에 입원했다. 정신이 깨어나기까지 많은 혼란이 있었지만, 지금은 출퇴근하는 낮 병동을 다니고 있다. 올 한 해는 병원 생활로 보냈지만 지금 이렇게 잘 생활하는 나 자신이 자랑스럽다.

내 주위의 작은 일부터 해나가 사회에 적응해 나갈 것이다.

1996년 12월 26일

아버지의 편지 - 96년을 보내며.
사랑하는 아들에게!
나의 자랑스러운 아들 우석아!
네가 태어나던 날을 생각한다. 우리 모두 너로 인해 행복했고 하루하루가 축복이었다.
우석아! 세상에 고통의 순간도, 행복한 순간도, 또 영광의 순간도 있다.
그러나 평생 간직할 꿈과 희망이 있는 한 어떠한 역경도 이겨나갈 수 있다고 믿는다.

우리는 너의 부족한 부분을 더 사랑한다. 있는 그대로의 너를 더 좋아한다. 너의 색깔로 벽지에 그린 그림을 그리듯이 살아갈 때 두려워하지 말고 있는 그대로 너의 몸짓으로 현실에 적응하며 살아갈 때 가면을 벗고 자유인이 된다.

모든 것이 너의 선택이다. 헛된 망상에서 벗어나라.
내가 만약 온갖 신비를 환희 꿰뚫어 보고 모든 지식을 가졌다 하더라도, 사랑이 없으면 아무것도 소용이 없다.
사랑은 오래 참는 것
사랑은 교만하지 않는 것
사랑은 시기하지 않는 것

1996년, 재발 징후 위기 상태의 기록

1. 손발이 뜨거워지고 마음의 소리가 울리고 무언가가 내 안에 함께 하는 것 같아.
2. 라디오의 소리에 음향을 크게 하고 신을 만나는 느낌으로 뉴 에이지 음악을 들음.
3. 세상일을 뒷전으로 생각하고 현실을 하찮게 보고 종교에 모든 걸 떠맡긴다.
4. 새벽에 일어나 새로운 여러 가지 일을 하려고 구상하고 흥분하거나 큰일을 이 세상에 대해 할 것 같다.
5. 상승되는 지속적인 기분 변화를 세상을 향해 나를 펼칠 것 같고 나로 인해 세상이 좌우 될 것 같다.

1997년, 재발 징후 위기 상태의 기록

1. 전생, 내생을 생각하며 천상의 세계에 대해 현혹되어 내 생활을 뒷전으로 하고 환상의 세계를 떠돌며 즐거움을 만끽한다. 큰 행복에 차 있다. 나의 미래가 우주를 향해 시공을 초월해서 위대하게 펼쳐질 것 같다.
2. 존경할 사람이 생기면 이 사람의 모든 것을 완벽하게 거룩하게 받아들이는 어리석음에 혹한다.
3. 책 한권, 어떤 테스트, 운동, 어떤 사상 등에 집착하고 나의 삶을 모두 결부시키면 위험하다.

1998년 4월 13일

응급실에서 근육주사 2대 맞음. 감정이 뜨니 화도 잘 나고 욕도 하고 싶고 내 기분에 맞지 않으면 고함치고 공격적이 되려한다. 무의식의 모든 감정은 생각의 소산이다. 생각을 긍정적이고 현실적이고 낙천적으로 할 때 날 보호하고 살릴 수 있다. 병원에 가서 약 용량을 추가하자.

1998년 4월 15일

제 개성에 사는 세상. 내 색깔대로 산다. 이 세상에 나와 똑같은 사람 없고 누구도 나와 똑같은 자기가 없다. 각자 제 인생을 산다. 내 개성과 색깔로 있는 그대로를 사랑하면 나을 수 있다.

1998년 4월 16일

소중한 나, 가족을 위해 잘 살아간다.
부정적 사고에 대해 무시. 지나간 것은 생각지 않는다.
나에겐 과거나 미래가 아닌 현재만 있다.
내가 나를 진정으로 아낀다면 내 병에 속지 말고 내 스스로를 결코 저버리지 않을 것이다. 날 지킬 것이다.

조울증은 병원생활 2년간의 처절한 투쟁으로 나은 병이다.
부모님의 피같은 돈과 눈물, 그 사랑으로 나는 재활할 수 있었다. 이모부가 일자리를 주셨고 주위 사람의 따뜻한 애정으로 나는 현실에 적응할 수 있었다.
앞으로도 계속 할 수 있다. 나를 믿는다.

조울병은 어떻게 나를 속이는가? 나는 알 수 있다. 예방할 수 있다. 왜? 나를 알고 병을 알기 때문이다. 하지만 병 앞에는 늘 겸손해야 한다. 한 순간의 교만으로 빠지는 것이 정신질환이다. 나는 내가 나 이상의 것이나 다른 것이 되길 원하고 그것을 갈망한다면 기존의 나를 포기해야 한다. 이런 생각을 예방하지 않으면 나를 소중히 여기지 않고 걸레 취급함으로 자기 파멸에 이른다. 내가 할 수 있는 일은 현실 감각, 긍정의 힘, 용기를 가지고 좋은 시기가 오기를 기다리는 것이다. 지금 이 순간 그대로의 날 사랑한다.

1998년 4월 18일

시간, 돈, 정력을 투자하며 사랑을 이룬들 그 끝은 허망하다. 여자에 대한 사랑은 왜 나의 뿌리까지 흔들려고 하는가? 왜 '소중한 나'라는 생각을 계속 '소중한 너'로 바꾸려고 하는가? 나는 내 자신의 중심을 잃을까 봐 두렵다.

난 언제쯤 있는 그대로 자연스럽게, 편안하게, 성숙한 사랑을 할 수 있을까? 잘 모르겠다. 마음이 급하고 상대가 떠나갈까 걱정된다. 적당한 조절을 모르겠다. 마음이 낭만으로 불타 올라 스스로를 자제하기 어려울 때 나는 내 자신이 걱정되고 불안하다. 사랑인가? 자기 미움인가? 어렵다.

2001년 1월 31일

기분상태 : 노란불, 위기 상태.

지난 8개월간 태권도를 매일 꾸준히 해 왔고, 점차적으로 운동량을 늘렸다. 1시간 태권도, 30분 헬스. 그저께는 교회 초등부 아이들과 서울랜드 놀이동산 눈썰매장을 갔다. 신나고, 재미있었다. 하지만 지난 2주를 살펴보면 감정의 기복이 느껴지는 요소들이 있었다.

1. 남들이 수다를 떨면 그 이야기 속에 나에 대한 것이 결부되어 있다는 직감을 느낀다.

2. 헛것을 본다. 연기가 피어나는 걸 보고 얼떨결에 보이지 않는 악마가 앉아 있는 것 같다고 착각했다.

3. 미래에 내가 큰 일을 할 것 같다. 구체적으로 예를 들면 내가 태권도사범으로 미국에서 성공할 것이고, 정신 장애인 재활 단계를 위한 상담심리학 교수로 권위 있는 사람이 될 것 같다. 정신질환환우들을 돕는데 기여하고 "상처입은 치유자"라는 제목으로 유명한 저서를 말년에 남길 것 같은 생각에 뿌듯해진다.

4. 종교적 생각이 내 온 생활영역을 지배한다. 세상에서 일어나는 모든 사건과 현상을 영적으로 해석해서 나의 체질, 환경, 성격의 모든 부분이 하나님의 역사와 사탄의 역사 속에 존재 한다는 생각이 든다. 현실감각이 떨어지고, 작은 일을 하나님의 계획과 인도하심으로 받아들이려 한다.

5. 잠을 푹 자지 못했고 악몽을 꾼다. 교회 초등부와 주일 예배로 바쁜 주일 때문일까. 사람을 죽이거나 내가 살해당하는 꿈을 꾸곤 한다.

6. 태권도를 할 때 힘이 넘친다. 신체 활동량이 비정상적으로 넘쳐나는 것 같다.

7. 짜증이 잘 나고 남과 작은 일로 시비 붙고 싶다. 나를 쳐다 본 것, 책 보는데 시끄럽게 한 것 따위로 말이다.

8. 사람들과 가족들로부터 사랑의 교류가 별로 없고 나는 사랑받지 못하는 것 같다. 고독함을 느낀다. 가슴이 응어리지고 답답한 느낌이다. 심장의 통증이 생겼다. 생각이 많아지고, 완벽한 사고로 감정의 모든 것을 지배하려는 오류에 빠지려 한다. 감정을 말로 적절히 푸는 일을 종교적인 것에 위배된다는 생각을 했다. 완벽한 신앙의 길은 참고 용서하는 십자가의 길이라는 생각 때문에 말이다.

9. 누가 밤에 나를 해칠 것 같다는 생각이 든다. 문 단속을 철저히 하고, 둔기를 머리 위에 두고 잤다.

10. 의심이 늘었다. 내 물건이 안 보이면 다른 사람을 의심한다. 장정 두 사람이 화장실을 서성이는 모습을 보고 깡패로 의심했다.

11. 지하철을 기다릴 때 휘파람을 불며 건들대는 행동을 반복적으로 한다.

12. 과학적이지 않은 것에서 내 방식대로의 원리를 끄집어낸다. 말이 빨라지고 많아진다.

2001년 2월 11일

내 상태의 빨간불! 식당에서 싸움이 날 뻔 했다. 그로기 상태, 절대 안정, 휴식이 필요하다! 그제 밤은 정말 힘든 밤이었다. 현실감을 끝까지 잡기 위해 말문을 닫고, 상상력으로 독방에 묶인 자세를 유지했다. 약을 늘리고 최선을 다했다. 다행히 밤을 잘 넘길 수 있었다.

2001년 2월 13일

병원 외래를 다녀오다. 선생님과 면담하고 약을 올렸다. 사실 어제 부터 내가 먹던 약을 그냥 지어 준 것이다. 이젠 나도 반 의사가 다 되었다. 왜냐? 의사보다 나를 잘 아는 건 나이기 때문이다.

그러나 이 병은 시기를 놓치면 객관적으로 아니, 주관적이든 지간에 나를 이성적으로 판단하지 못함으로 의사한테 의지하는 처지가 되지만...

현실 판단력과 이성으로 바라볼 힘이 있는 그 순간까지 나를 제일 잘 아는 건 나인 것이다. 선생님이 나보고 2주는 쉬어 줘야 한다고 했다. 그 만큼 내 상태가 안 좋다.

주일 학교 교사일이 힘들고 말을 많이 해 에너지 소모가 크다. 그리고 주일 오후는 노래방 낮 손님도 많고 피곤하다. 그래서 병의 호전이 늦어지고 있다.

나는 선생님께 왜 조울증이 터지면 이기적이고, 자기중심적으로 되냐고 말했더니 이렇게 답해주셨다. 감기에 걸리면 콧물, 재채기, 편도선이 붓는 것과 같다고. 조울증의 증상은 곧 과대망상(자기중심주의 강화), 피해망상(피해의식강화) 자체란다. 이것을 따지지 말고 받아들이란다. 수긍이 간다.

작은 외부의 스트레스에도 충동조절이 잘 안 되고, 그 상대와 싸우고 싶다. 박살내고 싶다. 깡그리! 초전 박살.

OO가 나보고 공적인 일을 할 때는 전화를 하면 안 된다고 욕을 먹는다고 말했다. 그래, 직장생활, 그 똑똑한 말 다 맞겠지! 그런데 지금 그거 따지게 생겼냐? 이 답답한 사람아!

나는 지금 입원과 요양이라는 절박한 사생결단의 순간에 서 있다. 잘난 회사원칙, 너 다해라. 욕 들으면 들었지! 건강을 지키는 게 최선이다. OO 말은 그냥 무시하고 스트레스 받지 말자. 왜? 날 사랑하니깐!

2001년 2월 21일

그 동안 참 많은 일이 있었다. OO의 유치하고 치사하기 짝이 없는 행동은 정말 황당무계했다. 한쪽 방문을 잠궈버리는 바람에 보일러를 켜지 못했다. 샤워를 하기 위해 물을 데워 써야 했다. 결국 한번은 찬물로 머리를 감았다. OO은 내 밥그릇을 쓰레기통 옆에 두기도 했다. 나는 밥그릇 하나를 박살냈다. OO은 여러날 동안 나를 투명인간 취급했다. 지금 나는 OO과 화해하기 위해 마음을 열고 있어야 한다. 주님을 바라보며 살아야 한다.

어제 외래갔다와서 현실판단력이 좀 흔들렸다. 선생님은 출산 준비로 5월에 나오신다고 하고 박인표 목사님과 많은 얘기를 했다. 박인표 목사님께 도움을 청한 이유는 내가 신유 은사로 "기적"을 바래 병을 낫고 싶다는 갑작스런 마음이 들었기 때문이었다.
목사님께서 말씀하셨다. 하나님은 각 사람마다 서로 다른 은사를 주시고 공동체를 위해 쓰시길 원하신다고. 병이 낫기 위해 교회에 가는 게 아니라 병원 치료를 받는 도중 구원의 끈을 놓치 않는 게 중요하기 때문에 신앙의 힘이 필요한 것이라고 했다. 또한 갑작스런 기적적 환상을 기대하지 말고 성숙한 주님의 인격을 조금씩 천천히 닮아가다 보면 내적치유가 이루어질 것이라고 했다.

2001년 3월 30일

시간이 지나며 위기에서 천천히 회복되었다.
CPZ 200㎖로 낮춤.

2001년 4월 27일

CPZ 100㎖로 낮춤.

동물들은 아무에게도 눈에 띄지 않는 곳에 몸을 감추고 죽은 듯 조용히 누워 있는 것으로 병을 고친다. 동물들조차 자기 몸 속에 병을 이겨내는 힘이 있다는 것을 본능적으로 알고 있다. 병을 몰아낼 때까지 남은 스태미너를 소모시키지 않고 조용히 기다리고 있는 것이다. 이것은 내 가 아플 때 치료법과 유사하다. 차이가 있다면 자연 치유능력에 약을 병행하는 것이다.

조증 발병 징후 체크

* 내가 만들어 낸, 내 생각에 의해 좌우되는 가짜 하나님을
  조심하라.
* 내 의지가 아닌 다른 누군가에 의해 살아간다는 생각이
  들 때 조심하라.
* 환청에 속지 말고 의사에게 알려라.
* 내 안에 무언가가 함께 있고 나에게 얘기한다.
* 내 생활에 관심이 줄어들고 망상에 몰입한다.
* 내가 유명하고 대단한 사람이라고 느끼고 행동하려 한다.
* 내가 만든 엉터리 문답법(눈감을 때, 잠결에)

재발 위기 시 대처방법

재발하는 경우에는 미리 재발을 알려주는 신호가 있다. 이를 재발경고신호라고 한다.

1.재발 경고신호의 특징
  * 가족들이 환자가 변했다고 느낌
  * 과거 발병시와 비슷한 증상을 보임

2.재발 가능성을 고려해야 하는 경우
  * 수면 양상 변화 (밤에 잠을 못자고 낮에 잔다.)
  * 식욕 변화 (안 먹거나, 폭식함)
  * 사람 만나기를 거부함
  * 환청의 변화 (평소보다 오디오, TV 음량을 유난히 크게 하거나 작게 함)
  * 감정표현의 변화 (갑자기 기분이 좋아지거나 화를 내는 경우가 많아짐)
  * 개인위생의 변화 (목욕, 세수를 안 하거나, 옷을 갈아입지 않는다.)
  * 신체감각의 변화 (통증 혹은 이상한 감각을 느낀다.)
  * 성욕의 변화 (자위행위에 집착한다.)

3. 재발신호들

* 긴장되어 보이고 신경질적이다.
* 주의를 기울이거나 집중하는 것을 어려워한다.
* 잠드는 데 어려움을 겪는다.
* 취미활동이 줄어든다.
* 안절부절한다.
* 기억력이 떨어진다.
* 우울해 한다.
* 한두 가지 일에 집착한다.
* 친구를 자주 만나지 않는다.
* 혼자 웃거나 이야기한다.
* 매사에 관심이 줄어든다.
* 종교적인 생각이 늘어난다.
* 이유 없이 좋지 않은 느낌이 든다.
* 헛소리를 듣거나 헛것을 본다.
* 무가치함을 느낀다.
* 타인이 조종한다고 믿는다.
* 악몽을 꾼다.
* 지나치게 공격적이다.
* 사소한 일로 화를 낸다.
* 타인의 관점에 개의치 않는다.
* 가까운 사람들과 불화가 생긴다.
* 자해하려는 생각이 든다.
* 두통, 치통 등의 통증을 호소한다.
* 미쳐버릴까 봐 두려워한다.

* 타인을 해치려는 생각을 갖는다.
* 술을 많이 마신다.

4. 재발방지를 위한 조치
  * 스트레스의 요인을 줄여 준다.
  * 환자가 자기 방에 혼자 있게 허용한다.
  * 환자에게 요구를 최소화한다.
  * 안정되고 예측가능한 집안분위기를 제공한다.
  * 대화 시에는 단순하고 간단하고 명료하게 한다.
  * 주치의를 만나 약물 투여량을 증가시킨다.
  * 재발신호를 보인 후 만약 72시간(3일) 이내에 약물용량
    을 증가시킬 경우에는 대부분의 경우 재입원시키지 않고
    도 재발을 미리 막을 수 있다.

7장

아버지가
사랑하는 아들에게 보내는
러브레터

1994년 4월 22일 *초발

대지를 적시는 따사로운 봄날 꽃향기 그윽한 산자락에서 너를 생각한다.

나의 자랑스러운 아들 우석아!
네가 태어나든 날을 생각한다. 우리는 모두 너로 하여금 행복하였고, 지금 현재도 네가 있으므로 우리는 행복하다.
우석아! 사람이 살아가는 이 세상은 행복한 순간이 있으면 고통의 순간도 있고 또 영광의 순간도 있다. 우리가 더불어 살아가야 하는 한평생은 꿈과 희망이 있는 한 어떠한 역경이라도 이겨나갈 수 있다.

종교는 우리가 살아가는 험한 세상을 녹여주는 따뜻한 모닥불이고, 아름답게 더욱 행복한 진리로 자유롭게 하는 방법이다. 단 한 번뿐인 너의 인생을 보람 있고 소중하게 현재 있는 자리에서 냉정하게 판단하고 분별력 있게 행동을 절제할 때 인간 완성의 길은 자기 수행이요 깨달음이다.

우리는 너의 부족한 부분을 더 사랑한다. 있는 그대로의 너를 더 좋아한다. 가면을 벗고 자유인이 된다는 것은 평화다. 너보다 못한 장애인들도 이 세상을 아름답게 보면서 삶을 찬미하는 것은 하느님의 큰 사랑을 알기 때문이다.

봄마다 피어나는 아름다운 꽃들을 보아라. 풀 속에 피어 있는 하얗고 파란 별꽃의 작은 모습 속에서 온 우주의 완전함을 본다. 너의 본체는 누구를 모방해서는 안 된다. 너의 색깔로 백지에 그림을 그리듯이 인생을 살아갈 때 참 감사의 생활이 되고 주체의식이 생긴다.

타인에 의한 삶은 그림자요, 허상이요, 모방이다.

인간은 생각하는 갈대이다.
공자와 맹자와 석가모니와 마호메트도 그리고 우리가 믿는 예수그리스도도 인간의 삶의 질서 속에서 참 진리의 가르침 속의 방법론이 조금 다를 뿐 삶의 길은 나름대로 역사성과 시대성이 다른 환경의 공감대 속에서 긍정도 부정도 받는다.
인간은 그 시대의 혁명적인 발전을 요구하는 세력과 보수적인 기득권세력의 자기방어적 해동에서 이익 대변을 지키기 위한 싸움에서 역사는 발전되어왔다.

사랑하는 아들 우석아!
이제부터는 두려워하지 말고 있는 그대로의 몸짓으로 열심히 현실에 적응하고 살아가는 너를 본다.

사랑(고린도전서 13장)
내가 이제 가장 좋은 길을 여러분에게 보여드리겠습니다.
내가 인간의 여러 언어를 말하고, 천사의 말까지 한다 하더라도 사랑이 없으면 나는 울리는 징과 요란한 꽹과리와 다를 것이 없습니다.

내가 하느님의 말씀을 받아 전할 수 있다 하더라도
온갖 신비를 환히 꿰뚫어 보고
모든 지식을 가졌다 하더라도
산을 옮길 만한 완전한 믿음을 가졌다 하더라도
사람이 없으면 나는 아무것도 아닙니다.
내가 비록 모든 재산을 남에게 나누어 준다 하더라도
또 내가 남을 위하여 불 속에 뛰어든다 하더라도
사랑이 없으면 모두 아무 소용이 없습니다.

사랑은 오래 참습니다.
사랑은 친절합니다.
사랑은 시기하지 않습니다.
사랑은 자랑하지 않습니다.
사랑은 교만하지 않습니다.
사랑은 무례하지 않습니다.
사랑은 사욕을 품지 않습니다.
사랑은 성을 내지 않습니다.
사랑은 앙심을 품지 않습니다.
사랑은 불의를 보고 기뻐하지 아니하고
진리를 보고 기뻐합니다.

사랑은 모든 것을 덮어 주고,
모든 것을 믿고, 모든 것을 바라고 모든 것을 견디어냅니다.
사랑은 가실 줄을 모릅니다.
말씀을 받아 전하는 특권도 사라지고

이상한 언어를 말하는 능력도 끊어지고
지식도 사라질 것입니다.
우리가 아는 것도 불완전하지만 완전한 것이 오면
불완전한 그것은 사라집니다.

내가 어렸을 때는
어린이의 말을 하고, 어린이의 생각을 하고,
어린이의 판단을 했습니다.
그러나 어른이 되어서는 어렸을 때의 것들을 버렸습니다.

우리가 지금은 거울에 비추어 보듯이
희미하게 보이지만 그때 가서는 얼굴을 맞대고 볼 것입니다.

지금은 내가 불완전하여 알뿐이지만
그때 가서는 하느님께서 나를 아시듯이
나도 완전하게 알게 될 것입니다.

그러므로 믿음과 희망과 사랑
이 세 가지는 언제까지나 남아 있을 것입니다.
이 중에서 가장 위대한 것은 사랑입니다.

사랑하는 장우석의 새로운 인생의 출발과
쾌유를 주님께 의지하면서 모든 신뢰와 사랑을 너에게 받친다.

아빠가

1994년 5월 20일 *3일만에 재발

사랑하는 아들 우석아 보아라!

나는 너를 이해하고 사랑하기 위하여 리처드 바크가 지은 갈매기의 꿈을 읽고 사색하였다.

(너의 생각과 사고의 수준으로 이해하려고)

인생의 의미는 병든 한 나무를 보고 판단해서는 안 된다.

한 나무를 보고 숲을 판단하지 말고 숲 전체를 보고 인생의 의미를 판단하고 분별해서 생을 다하는 그 날까지 현명하고 지혜롭게 살아가야 한다.

조나단 리빙스턴은 자기 나름대로의 생각은 옳은지 모르지만, 이웃과 자기를 가장 사랑하며 아끼는 사람들의 기대와 희망을 자기 자신만의 이상과 고독 안에서 자기 합리화시켜서 현실을 초월한 낙오된 사람의 자기변호이고 상징인 옳지 못한 생각이고 이상이다.

사랑하는 아들 우석아!

한시바삐 현실로 돌아와서 이웃을 내 몸같이 사랑하고 더불어 살아가는 평범한 행복을 사랑할 때 그 안에서 불안과 공포도 피해의식이 없는 참자유와 평화를 함께 나눌 때 너의 고통은 사라지고 너 자신의 치유와 평화가 충만하게 되어 불안과 공포에서 해방되고 우리 가족 모두가 너의 아픈 마음을 치유하는 협조자가 된다.

사랑하는 아들 우석아!

보통 새들보다 높이 날고, 광속으로 날고, 세계 아니 우주를 다 안다고 한들 과연 평범한 새들보다 진리를 더 알며 행복할까? 현실의 고통과 스트레스는 자기 발전을 위하여 필요하다. 피하고 싶지만, 일상생활에서 오게 되어 있으니까 두려워해서는 안 된다.

극복한다면 자기 발전의 계기가 된다. 현실 고통의 인내는 참 진리를 위하여 넘어야 하는 인간 생애의 과제이다. 수행의 과정이라고 편하게 생각하고 슬기롭게 대처하면 지나고 나서 생각하면 어려웠던 현실은 아름다운 승리의 추억으로 조명된다.

생각하면 어려웠던 현실은 아름다운 승리의 추억으로 조명된다(너는 메시아가 아니다. 즉 신이 아니다. 아버지와 어머니 누이동생을 사랑하는 한 사람이다). 나는 누구인가의 인식에서 모든 사물을 판단해야 한다. 정신병동에 왜 나를 가두고 네가 왜 이런 길을 선택했으며 어떤 결과로서 행동으로 이런 일이 생겼는가를 차분히 생각하고 자기 책임의 분발력과 새 출발에 대한 각오와 희망을 인생의 새로운 가치관을 분명히 정리하는 시간이라고 생각하고 넓은 마음으로 자기를 사랑하기를 부탁하다.

인간이라면 누구나 자기만의 자유를 원한다. 그러나 자기만의 자유가 책임과 질서 없이 평범한 모든 사람과 함께 살아가는 질서를 파괴해서는 여러 사람이 피해를 당한다. 참 자유란? 하느님이 주신 질서와 진리 안에서 평범한 삶을 살아 가면서 이루어가는 삶 자체 안에서 얻어야 한다.

한 번 두 번 이 사회구성원에서 격리된 시설공간으로 가야만 해야 하는 내 아들을 생각하면 이 아버지는 가슴이 아프다. 너의 고통은 나의 것이다. 그리고 우리 가족과 이사회가 함께 사랑해야 하는 나의 모습이다. 우리는 용서와 사랑 없이 회개에 이루지 못한다.

모든 것은 너의 선택이다. 헛된 망상에서 벗어나라.

우리가 살아가는 이 세상은 다 함께 사랑을 나누고 살아갈 가치가 있다.

사랑하는 아들 우석아!

조나단 리빙스턴은 인간의 책임과 의무를 기피하고 무한대 의 자유만 추구한 이상의 새일 뿐이다. 그만의 자유를 추구 한 끝에 얻어지는 것은 플레처에게 마지막 보여준 독백처럼 「나에 관해서 엉뚱한 소문을 퍼뜨리거나 또 나를 신으로 오해하지 않도록 해줘 알았나, 플레처? 나는 하나의 갈매기에 불과해 나는, 나는 걸 좋아해」

얼마나 현실적으로 무책임한 발언인가? 자기의 행동이 선율 지향할 때 소문은 진리 앞에서 눈 녹듯이 사라진다. 그리고 자기 자신이 신으로 빠지는 교만을 범하고도 부끄러움도 없고, 나는 걸 좋아해서 이웃과 사랑하는 가족을 버리는 우를 범하다니…. 얼마나 어리석은가?

얼마든지 자유롭게 날면서도 사랑할 수 있는 목적이 있어야 하지 않을까? 인간은 하느님이 만든 작품이지 신은 될 수 없다. 자기 삶의 가치의 행복 목표가 우리 자신을 풍요롭게 하고 희망을 소망을 같게 한다.

사랑하는 우석아!
너에게 어떠한 말을 해주어야 위로가 되고 행복해질 수 있니! 이 세상의 누구도 책임과 의무가 수반되지 않는 자유는 그 누구도 가질 수 없는 관념(이상과 형상)이다.

확실한 믿음으로 의탁하고 용서하자.
아버지 어머니를 부정하고 폭력으로 해결하려는 마음이 조금이라도 남아 있다면 용서받지 못한다. 내 이웃을 사랑하고 용서하고 비운 마음으로 살아가면 우리 모두 행복해지고 희망과 소망과 믿음이 숨 쉬고 내일을 약속받은 그 땅으로 가자! 젖과 꿀이 흐르는 복지의 그 날까지 살아가노라면 우리에게 오는 불안과 고통이 아무리 우리를 실망스럽고 슬프게 할지라도 주님께 의탁하면 우리는 모두 행복하다.

사랑하는 우석아!
믿음, 사랑, 소망만이 가득한 그 날을 위하여 오늘도 매사에 긍정적이고 적극적으로 이 현실을 살아가면서 어려운 일을 하나씩 해결하고 살아 나갈 때 행복은 우리의 것이라고 말하고 싶다.

우석이를 사랑하는 아빠가

1997년 1월 31일

사랑하는 아들 우석아 보아라!
첫닭이 우는 소리에 오늘도 정확히 일어나서
작업준비에 임하고 있다.
우석아 올해부터는 항상 앞만 보면서 희망과 용기를 가지고
기쁘게 잘 해나갈 때 우리 가족은 행복해지리라 생각한다.
누구나 이 세상을 살아가려면 단조롭게 느껴지는 일상생활
이 좋은 일 힘든 일 다 겪으면서 살아가게 마련이다.

제일 먼저 자기 자신을 사랑해야 한다.
왜냐하면, 자기가 있고 건강해야 한다는 것
우석이는 잘 알고 있다.

우석아 이 세상에는 자기가 보람을 갖고 일을 찾아서
취미 생활도 열심히 할 적에
살아가는 기쁨과 즐거움을 감사하게 된다.
무엇이든 잘해나갈 것이라고 믿는다.

이 세상에서 너를 제일 아끼고 사랑으로 돌보아줄
어머니, 아버지가 있고 누나, 동생 또 매형들도 있지만,
제일중요 한 것은 너 자신이 건강해야만
존재 되는 관계라는 것을 잘 알고 있을 것이다.

우석아 이 아버지는 이곳 사천에서 떨어져 있어도
가장으로 본분을 다하기 위하여 기쁘게 일하고 있다.
때로는 힘도 들지만 일이 있으니 내일의 희망을 위하여
열심히 잘살아가고 있다.

하루를 성실히 살아가는 보람은 보고 싶은 우리 가족을 위하
여 내가 어떻게 살아가는가에 따라 있는 곳에서 성실히 잘
해나갈 때 그 또한 보람 있는 생이 아니겠니?

모든 것이 자기의 뜻대로 되지는 않으나
목적은 우리 가족이 잘살게 하자면
나는 어떻게 살아갈 것인가 생각하면 길이 보인다.
용기를 가지고 잘 살아가는 우석이를 생각하면서
오늘 내가 하는 일이 즐겁게 느껴진다.

우석아 너를 사랑하는 가족이 우리 다 함께하기에
마음의 평화와 기쁨이 충만하기를 기도하고
이 세상을 사랑하면서 용기를 가지고
잘 살아가기를 두 손 모아기도 드린다.

사천 현장에서 너를 사랑하는 아버지

1998년 1월 20일

오늘은 어젯밤부터 내린 눈이 온 누리를 솜사탕처럼 새하얀 옷을 입혔구나.
사랑하는 아들 우석아 그동안 오늘의 네가 있기까지 하루를 보람 있고 새롭게 살아가기 위하여 건강한 생활이 필요하다.

마음을 누긋하게 하고 지금 현재 네가 해야 할 일 들을 잘 분별하여 성실하게 노력하면 행복한 때가 곧 오게 된다. 인간은 누구나 생로병사 한다. 즉 늙으면 자연적 아픈 데가 많아진다. 그러나 병에 걸렸을 때를 보면 실망하고 있거나 사랑받지 못하고 있다는 감정이 그 병의 원인인 경우가 있고, 또한 아무 생각 없이 혼잣말같이 자기암시를 자학할 때 즉 나만의 이런 일을 당하고 매사에 부정적으로 생각하고 행동할 때 육체 정신적 피곤이 병이 된다는 것 명심하고 그날 일은 종결하고, 오늘보다는 더 행복해질 거야 하고 편안하게 잠을 청하자.

내일의 희망을 갖고 즐겁게 살아가는 지혜를 살려 요령 있게 잘 살아가리라 믿는다.

사회생활을 하다 보면 사람과 사람 사이에 오해되는 부분이 있으면 주저하지 말고 자기의 의사 표시를 정확히 해야 할 때도 있지만 상대방이 기분에 따라 자기감정이 흔들릴 필요는 없다.

살아가다 보면 실수로 할 수 있고, 그 실수를 잘 극복하면서 발전되어 나아 갈 수 있다.

우리는 항상 떨어져 있어도 마음 안에는 함께 함을 느낀다. 취미 생활 적극적으로 즐기고 무슨 일이든 낙천적이고 할 수 있다는 긍정적인 생각으로 성실히 행동하고 잠이 오지 않을 때는 책을 보던가 적당한 운동을 하여 자연스럽게 자도록 하였다.

하늘은 스스로 돕는 자를 돕는다는 가훈을 되새겨 열심히 영어공부 듣기 말하기 쓰기를 자연스럽게 매일 익혀서 우리의 아름다운 만남을 위하여 기쁘게 살아가자.

사랑하는 아들 우석아!
이제 성년으로 자기의 생활과 행동에 책임이 얼마나 중요한 것인지 잘 알 것이다. 인생의 행복은 자기 자신이 하루의 생활이 쌓여 이루어진다는 것을 명심하고 최고보다는 무슨 일이든 최선을 다하는 사람이 사랑받게 되어 있다.

이제 태평양을 넘어 이 나이에 도전하는 것은 너의 장애를 위해서도 꼭 필요한 시기라 생각되니 떨어져 있는 기간 동안 발전되고 성숙한 인격자가 되어 재회할 것을 약속하자. 무슨 일이든 누나와 상의하고 큰 누나 매형 또 이모, 이모부와 상의하여 이 어려운 세상 파도를 잘 헤쳐나가길 두 손 모아 기원드린다.

인간은 누구나 편안하고 출세하고 싶고, 연애도 하고 싶고, 돈도 많이 벌고 싶고, 하고 싶은 일도 많다.
빨리 성취하고 싶은 욕망에 사로잡힐 때는 현실적으로 자기 자신을 무능하게 보이고 발전된 친구를 보면 더 그럴 때가 많으나 현대는 개성 시대인 만큼, 자기보다 덜가지고 불쌍한 사람을 생각해서 비교하지 말고 자기의 꿈을 성실하게 키워나가야 한다.

이 편지는 가끔 보고 싶을 때 마음으로 읽도록 하여라.
미국에 가면 열심히 살아가다 보면 편지 쓸 시간도 당분간 힘들 것이다.
장우석 파이팅!

사천 현장에서 아버지가
사랑하는 우석이에게

2000년 4월 20일

우석아 보아라!
여명이 동트려 하는 대지 위를 오늘도 이국땅에서 일터로 달려나간다.

너의 수기와 편지 모두 잘 읽고 너를 생각했다. 인생이란! 누구를 탓할 수 없다. 누구나 자기가 태어나고 싶어서 태어난 사람은 이 세상에 아무도 없고 그러나 자기 의지로 인간답게 살아가지 않으면 사회생활을 해 갈 수 없다는 것은 자연의 섭리이다. 누구를 탓하기 전에 자기 자신 홀로서기의 의지 없이는 어느 곳에서도 살아가기는 마찬가지다.

평범 속에서도 감사하는 생활이 일을 사랑하고 더불어 살아가는 사람들을 사랑하고 자기 소유의 개념을 넘나드는 상념에서 벗어나서 모든 세상 것을 아름답게 공유하게 되는 평화가 너에게 찾아오는 그 날이 오면 모든 굴레에서 해방되려만 우리는 현실을 직시할 필요가 있다.

나의 정체성 현재 상황을 알고 미래의 희망의 꿈을 위하여 나에게 솔직할 필요가 있다. 그리고 최선이 아니면 차선이라도 선택하여 집중할 필요를 느낄 때 실천할 용기가 필요하다.

인생은 마라톤이라고 누군가 말하더라….
평상시 너와 함께 살아가면서 이 아버지는 타에 모범보다는 내식으로 살아간 것뿐이다.

좋든 싫든 그 바탕에서 너는 좀 더 나은 너의 식의 삶을 잘살 아가리라고 믿는다. 하 느님께서 창조한 아름다운 자연을 사랑하고 그 안에 한 생명체인 나를 생각한다면 유한된 삶을 잘살아 가리라 믿는다. 나는 누구와 비교할 필요를 느끼지 않는다. 왜 나는 유일한 존재이고 인격체이니까.

자기 자신을 과소평가해서 자학하는 행위는 살아가면서 발전이 안 된다. 누구나 실수할 수 있고 못나게 보일 때가 많지만 들어내지 않고 잘 극복해서 인생을 평범하게 잘 살아간다. 자기 자신을 사랑하고 긍정적일 때 어떠한 어려움도 용기와 희망만 있다면 나 혼자만이 당하는 것 같은 고통에서 해방될 수 있다.

내가 할 수 있는 것은 하고 그 외것을 할 수 없는 한계를 넘는 것은 그대로 두어라. 그리고 또 새로 시작하는 것이다. 복잡한 생각은 필요가 없다. 인간의 생활은 단순해질 필요가 있다.

이제 2000년을 맞이한 새천년에는 좀 더 발전적이고 희망적인 계획을 해본다. 너희들을 맞이하기 위하여서는 미국 생활을 좀 더 확실히 해둘 필요가 있다. 영어 회화가 잘되지 않으니 미국회사 채용 문제가 어려울 것 같아 6월부터 저녁 시간 일주일 2번이라도 가려고 한다. 꾸준히 하여 좀 더 주류사회에 일원이 되는 것이 신분 상승할 수 있다고 생각된다.

자본주의는 돈이 때로는 사람을 평가한다. 그러나 미국은 직업이 다양하고 무엇을 하던 눈치 볼 필요 없이 자기 일만 주어진 시간에 하면 일과가 끝나고 휴식할 수 있다는 것이 좋고 여러 인종이 더불어 살아가니까 구경할 것이 많지만 한국적인 정서는 적은 편이다.

새로운 천년을 맞이하여 누구든 이해할 수 있는 넉넉한 마음과 너그러운 마음. 용서받고 용서할 수 있는 마음. 밝고 긍정적인 마음. 감사하는 마음. 사랑하는 마음으로 새 천 년을 시작하자.

누구에게든 믿음이 가고 잘 살아가노라면 어느 곳에 있더라도 우리는 함께 함을 느낀다. 너를 사랑하는 아버지가 만나는 그날까지 하느님께 기도드린다.

사랑하는 우석이에게

8장

상담사례

실제 상담사례내용을 가지고 구성을 하였으며 본문에 나오는
실명과 지명은 개인정보법에 따라 삭제 및 각색하였습니다

○○○님 사례

정신건강 카페를 통해 알게 된 20대 중반 남자 청년이 회복 공동체를 찾아왔다. 지적 호기심이 많고 조울증을 낮고자 하는 마음도 있었으며, 어떻게 하면 좋아질지 몰라서 고생하고 있었다. 강박증과 불규칙한 습관으로 조증과 울증이 재발하면서 힘들어했다.

함께 대화하고 친동생같이 이야기도 들어주고 생활 속 고민도 공감해 주었고, 힘들 때마다 매주 1시간씩 통화로 하소연을 들어주며 상담도 도와주었다. 이 동생과 교류하며 10년 동안 상담자와 멘토 역할을 형이자, 상담가인 이중관계로 갈등을 겪기도 했으나, 동료지원가의 적극적인 도움으로 병원도 소개해주어 치료받도록 연계했다.

그 동생은 탄산음료와 식습관 개선이 안 되어 고생하기도 했으나, 힘든 순간에도 바리스타 교육을 받고 카페에서도 일하다가 장애인고용사이트 통해 얼마 전부터 대기업 커피전문점에서 사회생활을 하고 있으며 일상 속에서 살아가고 있다.

대견하고 자랑스럽다.

○○○님 사례

회복공동체 찾아온 20대 후반 자매이다. 피아노 강사에 재능도 많은 자매인데 조울증이 심해 입원을 반복하고 재발경고체크를 할 줄 모르며 병식은 없었으나, 모임에 와서 음악봉사도 하고 자기 이야기를 하면서 건강함을 찾았다.

7~8년간 감정 기복으로 위기는 있었으나, 회사의 학원 상담부서와 음악강사를 하면서 차차 적응하였고, 부모님과 여동생의 지지를 받고 위기 때 전화나 SNS가 오면 위기대처법을 알려주어 질병 재발을 예방하고 외래 약 조절과 음주를 금하며 생활의 쉼을 가짐으로 위기를 넘겼다.

입원은 하지 않고 지금은 좋은 남자 친구를 만나서 행복한 시간을 보내고 있다.

○○○님 사례

회복공동체 찾아온 30대 초반의 여성으로 감정 기복과 불편한 생각으로 힘들어했다. 모임에 나오는 1년간 하염없이 자기 이야기 할 때 눈물을 흘리고 감정 기복이 있었으나, 재활과정에 성실히 참여하고 공공근로를 시작으로 차근차근 일해가며 취업홈페이지에서 일자리를 찾아 대기업에서 계약직으로 일하게 되었다.

현재 일반 직장으로 돌아가서 적응하는 과정에 있다. 증상은 거의 없어지고 가벼운 우울감 정도로 거의 사라졌다.

가족의 지지로 약을 최소량으로 줄였고 취미활동으로 댄스를 배워 스트레스를 관리하고 피아노 봉사와 체조 봉사로 자기관리를 하며 교회 모임도 잘 적응을 하고 있다. 그러다 귀한 형제를 만나 교제하여 결혼하고 회사 정규직으로 채용되어 잘 지내고 있다.

○○○님 사례

몇 년 전 나의 책을 통해 모임에 찾아왔다. 30대 초반의 청년으로 무기력과 의욕상실, 불면과 잡생각 등으로 조현병을 겪었다. 신앙생활도 힘들어지고 마음도 힘들어 했다.

모임을 열심히 나오면서 자기 의사 표현도 점차 잘 하게 되었고 스트레스 관리 운동과 심리적인 중압감을 표현하고 다시 신앙생활을 회복해갔다. 일상루틴을 실천하고 대화로 소통하면서 준비해온 대학원 공부를 착실하게 하고 있다.

전도사로 목사님이 되는 과정을 잘 수행하고 있으며 운동관리와 가족 지지로 더욱 건강하게 지내고 있다.

○○○님 사례

명문대를 나온 20대 후반의 자매로 학교 교사가 정신건강 카페를 통해 회복공동체를 찾아왔다. 어려운 시험을 통과했으나 조울증의 초발과 재발로 어려움을 겪고 있었다.

상담을 통해 휴직을 하고 약물관리 및 재활치료와 가족 지지를 통해 다시 일어났으며 어머니는 사회활동을 하시는 전문강사로 활동을 하게 되셨다. 자매도 잘 회복하여 건강하게 직장생활을 하다가 건실한 청년을 만나 결혼하여 자녀도 낳고 잘 생활하고 있다.

○○○님 사례

30대 중반의 청년이고 회복공동체를 찾아왔다.

조현병으로 병식이 없이 지난 10년 남짓 열 번 넘게 재입원을 경험하고 병원 생활로 많은 고생을 하다가 3년 전부터 약물관리의 병식이 생겼고, 일상적인 기본기에 충실하고 주어진 여러 일을 찾아서 하다 대기업 인턴으로 일을 성공적으로 하면서 회복을 잘 하고 있다.

가족관계가 회복되어 어머니와 여행도 가고 연극도 보며 산책으로 여가시간을 활용하고 있다. 요즘은 운동으로 체중관리 및 다이어트도 성공하여 유튜브 크리에이터로 활동을 이어가고 있고 최근 다시 취업해서 일상을 잘 보내고 있다.

○○○님 사례

회복공동체를 최근에 찾아온 20대 중반의 남자 청년으로 조울증을 겪어있었고 입원과 가출도 반복하며 여러 일도 있었지만, 어머니의 적극적인 지지와 격려로 번역사시험에 합격하고, 디자인공부를 준비하며 취미로 명상카페와 마음공부 유튜버로 활동하는 재능 꾼이다.

아르바이트도 하고 내일의 꿈을 위해 차곡차곡 재활하는 과정에 있어 직장인으로 살아가기 위해 착실히 준비 중이다.

○○○님 사례

남편과 함께 외국 이민으로 그곳에서 지내다가 직장 일을 하며 동료 언니와의 갈등과 스트레스 등으로 조울증이 발병해 귀국하게 되었다.

기분조절도 안 되어 응급적인 도움을 받고 병원 치료와 상담치료(약물관리·생활관리·스트레스관리)를 받으면서 자신의 장점과 자신의 모습을 차차 수용하며 현실적인 갈등을 풀어가면서 회복되었다.

6개월 남짓 병원 약을 복용하면서 상담치료를 받으며 가족의 정서적 지지를 얻고 남편의 배려로 다시 회복되어 이민에 성공함.

에필로그

고난도 내게 유익이라

고난도 내게 유익이라

나에게 10대와 20대 시절은 말 그대로 혼란과 두려움의 시간이었다. 극심한 조울증과 함께 환청과 망상까지 찾아왔으며 세 차례의 강제입원과 2년간의 정신병동 생활, 그리고 10년간의 재활의 시간을 보내야 했다.

관계망상과, 피해망상, 과대망상, 종교망상, 환청에 속음, 폭력, 강제 입원, 보호실 감금, 침대 강박, 허무감, 끝없어 보이는 병원생활, 극심한 우울증, 그 후에 몇 달간의 시체 같은 생활, 자살시도, 평생 정신병원에서 생을 보낼 것 같은 두려움...

그러나 더 이상 떨어질 수 없는 바닥에서 든 생각은 "어떻게 태어난 인생인데", "이렇게 끝낼 수 없는 인생인데" 마지막 남은 삶에 대한 의지가 재활을 붙잡게 했고, 가족들의 기도와 격려는 다시금 "살아야 해! "살아야 해!"라며 주먹을 불끈 쥐게 했다.

수많은 장애인들 중에서도 가장 위로를 받지 못하고 이용당하는 부류가 정신질환자들이다. 사람들은 보통 겉으로 드러난 모습을 보고 사람을 판단한다. 때문에 눈에 보이지 않는 정신 문제에 대한 배려를 기대하기가 쉽지 않다.

멀쩡한 몸으로 사회기능을 제대로 하지 못한다는 편견과 낙인 속에 갇혀서 자기세계를 만들고 그 속으로 움츠리고 숨으며 점차 고립되고 격리된 삶을 살아간다.

그러나 우리는 슬플 때도 기뻐하자. 삶의 태도를 긍정적으로 굴복의 의지를 가지고 인내하자. 스스로 책임의식을 가지고 누구도 탓하지 말자. 내 주변의 모든 이들은 나의 스승이자 친구이다. 배우는 마음으로 꾸준히 나아가자. 그리고 희망과 용기를 갖자.

인생을 배워가고 삶의 의미를 찾아가면 그 괴로운 정신질환도 나에게 걸림돌이 아니라 디딤돌이 되고 누구보다 풍성한 정신적 유산과 의미를 발견하는 인생을 살 수 있다.

정신질환으로 고통당하는 사람이 주변에 있다면 거북이처럼 늦게 가도 좌절하거나 남과 비교하지 말자. 가족과 병원과 지역사회의 손을 잡고 힘차게 나아가자. 질병의 파도를 함께 헤쳐나가며 강한 생명력으로 큰 바다로 항해하자.

이 책을 쓰면서 이제 40대 중반이 된 나에게 지난 인생을 한번 살펴보는 계기가 되었다. 질병의 회복과정에 많은 분들의 격려와 응원과 기도가 나에게 큰 용기를 불어 넣어주었다. 특히 미국에서 노년에 한의사가 되신 아버지의 의료선교 봉사정신과 어머니의 믿음에 기도가 큰 힘이 되었으며, 아낌없는 응원과 애정을 보내주신 부모님의 용기 있는 사랑에 존경을 보낸다.

나의 원고를 꼼꼼히 살펴봐 주고 도와준 대학교 교수 큰누나와 미국에서 응원해준 작은누나, 여동생의 깊은 배려도 참 감사하다.

내가 정신질환자에 대한 사명으로 20년 가까이 지역사회에서 봉사하고 섬기도록 동기를 부여해주신 멘토 달리다쿰의 노명근 목사님과 높은산교회 박인표 목사님께 감사를 드린다. 또 달리다쿰의 조종희 전도사님과 안현숙 전도사님과 회원들께도 감사드린다.

그리고 책을 내는데 지지해주신 빛날 정신건강의학과의원 이혁 원장님께도 감사드린다.

또한 따뜻한 마음으로 항상 격려와 응원해주신 국립정신건강센터 이영문 센터장님, 서울대학교병원 정신건강의학과 권준수 교수님, 경희대학교병원 정신건강의학과 백종우 교수님, 서초열린세상 박재우 소장님, 태화 샘 솟는 집 문용훈 관장님, 조우네 마음약국 고직한 선교사님, 한국정신장애연대 카미 대표 권오용 총장님, Mental Health Korea 부대표 장은하님에게도 감사의 마음을 전한다.